KB078300

그레이트 원

FUSION FANTASTIC STORY

천중화 장편 소설

Great one

그레이트 원 1

천중화 장편 소설

초판 1쇄 찍은 날 § 2014년 3월 26일
초판 1쇄 펴낸 날 § 2014년 4월 2일

지은이 § 천중화
펴낸이 § 서경석

편집부장 § 권태완
편집책임 § 박은정

펴낸곳 § 도서출판 청어람
등록번호 § 제387-1999-000006호
등록일자 § 1999. 5. 31
어람번호 § 제1-1818호

주소 § 경기도 부천시 원미구 부일로 483번길 40 서경B/D 3F (우) 420-822
전화 § 032-656-4452팩스 § 032-656-4453
http://www.chungeoram.com
E-mail § chungeorambook@daum.net

ⓒ 천중화, 2014

ISBN 979-11-5681-956-1 04810
ISBN 979-11-5681-955-4 (세트)

그레이트 원

FUSION FANTASTIC STORY

천중화 장편 소설

1

Great one

도서출판 청어람

CONTENTS

그레이트 원

Great one

서장

미합중국 대통령
(PRESIDENT OF USA)

금메달 공장.
지구 최고의 총잡이.
UFO 저격수.
기계인간.
외계인 싱어.
아카데미 VIP.
IOC 황제.
대통령 제조기.
다이아몬드 회장.

세계은행 총독.

안전보장이사회 총통.

유엔 군주.

지구방위 사령관.

지구공화국 대통령.

역대 세계 정상 중 가장 많은 별명을 지닌 사람.

동양인으로서 미국 역사상 초유의 오선 대통령을 역임한
인물.

그 위대한 대통령의 이야기가 시작된다.

1장

지구 최고의 종잡이

미국 최대의 도시 뉴욕 근교.

큼직한 회색빛 건물 세 동이 거대한 야산을 등진 채 소록소록 내리는 하얀 눈을 맞으며 우뚝 서 있었다.

육중한 철책으로 둘러싸인 이 건물들은 여타 건물과 분위기가 전혀 달랐다.

탕! 타타탕!

전투복 차림의 경찰들이 자동화기로 무장한 채 삼엄하게 경비를 하는 건물 저편에서는 콩 볶는 듯한 소리가 끊임없이 들려왔다.

미국 연방수사국 FBI의 직영 사격장이었다.

이 사격장은 미국 전역에 있는 수많은 사격장 중에서 가장 크고 가장 넓었다.

최첨단 시설을 자랑하는 실내 사격장과 자동화 사격이 가능한 야외 사격장은 물론 헬스클럽과 실내 수영장 등 운동시설이 갖추어져 있었고 호텔 못지않은 숙박 시설까지 겸비하고 있어서 여느 리조트 못지않았다.

총 쏘는 리조트 딱 그거였다.

덕분에 무늬만 FBI 전용 사격장이었다.

가깝게는 뉴욕 경찰특공대 SWAT 팀부터 미국 중앙정보국 CIA 요원들, 대통령 경호실 직원들, 심지어 해군 특수 부대 NAVY SEAL이나 특수전사령부 같은 특수 부대원들까지도 민군 합동 훈련이란 명분으로 툭하면 이 사격장을 이용했다.

사실, 중동이나 아프리카 아시아 등지에서 작전을 펼치는 정보요원들과 특수 부대원들이 마음 편하게 세계 최대의 도시 뉴욕을 관광할 기회가 얼마나 될까?

그리 많지 않을 것이다.

그래서 각 정보국이나 특수 부대에서는 대원들의 사기앙양의 일환으로 연수니 합동 훈련이니 하는 명분을 열심히 만들어서 이 사격장으로 보냈다.

특이하게도 오늘은 이 사격장 정문에 큼직한 플래카드 하나가 나붙었다.

〈환 미국 사격 대표팀 합숙 훈련 및 민관군 합동 훈련 영〉

이 년 전, 미국 사격대표팀은 시드니 올림픽에 출전해 사격 종목에 걸린 열다섯 개의 금메달 중 열 개를 휩쓸면서 대표팀 사상 최고의 성적을 거두었다.

그 여세를 몰아 올 연말에 있을 세계선수권대회에 대비하고자 연초부터 합숙 훈련에 돌입했던 것이다.

타타탕탕!

재미있게도 미국 사격대표팀이 합숙 훈련을 시작하자마자 미국연방수사국(FBI), 미국중앙정보국(CIA), 미대통령 경호실(USS), 뉴욕 경찰특수기동타격대(SWAT), 네이비실(NAVY SEAL), 미국 특수전사령부(SOCCOM), 미국 국방정보국(DIA) 등에서 기다렸다는 듯 합동 훈련을 제의했다.

미국사격협회에서는 못 이기는 척 응했고.

협회로서야 이런 특수 기관들과 친분을 쌓아두면 나쁠 게 전혀 없었다.

어디 전지훈련을 가더라도 귀찮은 검문검색을 받지 않아도 됐고 어느 때는 패트롤카나 헬기까지 동원해 경호를 해줬기 때문이다.

실은, 이렇게 특수 부대와 특수기관에서 벌 떼처럼 달려들어 대표팀과 합동 훈련을 제의한 이유는 딱 한 가지였다.

미국 여자 사격대표팀 소속 지구 최고의 총잡이 채나 킴 선수!

채나는 평생 총과 함께 살아가는 정보요원, 경호요원, 경찰대원, 특수 부대원들에게 신(神)으로 추앙받았고 그들은 이 살아 있는 신을 꼭 한번 만나보고 싶어 했다.

탕탕탕!

채나가 USA라는 문양과 함께 성조기가 수놓인 유니폼을 걸치고 마찬가지의 글씨가 새겨진 챙이 긴 모자와 헤드폰을 쓴 채 M16 소총으로 사격연습을 하고 있었다.

"후우우!"

사격을 끝낸 채나가 M16 소총을 든 채 사선에서 발을 빼며 가볍게 숨을 골랐다.

자신의 키만 한 소총을 들고 사격하는 채나를 보면 누구나 제일 먼저 아빠 미소를 떠올린다.

쌍꺼풀이 없는 조금 큰 듯한 눈과 피노키오처럼 뾰족한 코, 주먹만 한 얼굴과 자그마한 키까지!

성명 : 채나 킴

나이 : 23세(?)

성별 : 여성(?)

신장 : 150cm에서 160cm 사이

학력 : 미국 UCLA 연극영화과 졸업

소속 : 미국 여자사격 대표팀과 ㈜미국화학공업

경력 : 94년 LA 세계사격 선수권대회 6관왕

　　　96년 아틀란타 올림픽 5관왕, 은메달 1개

　　　98년 멜버른 세계사격 선수권대회 6관왕

　　　2000년 시드니 올림픽 6관왕 등 다수 대회에서 입상

별명 : 지구 최고의 총잡이, 금메달 공장, UFO 저격수

특기사항 : 노래와 댄스

특이사항 : 한국계 미국인

올해 초 『US 투데이』지에서 '21세기 미국을 빛낼 사람' 열 명 중 한 명으로 뽑은 채나의 약력이었다.

세계의 총잡이들이 채나에게 열광하는 이유는 간단했다.

채나가 세계선수권대회나 올림픽에서 금메달을 싹쓸이하는 이유도 있었지만 그녀가 인간으로서는 불가능한 일을 연속해서 해내고 있었기 때문이다.

사격에서 여자선수들이 출전할 수 있는 종목은 공기권총, 공기소총, 클레이 사격 등이었다.

한 선수가 전 종목을 모두 출전할 수 있지만 선수들은 그렇게 할 수가 없었다. 아니, 못했다.

예를 들면 공기권총 선수가 클레이 사격에 출전한다는 것은 육상에서 마라톤 선수가 투포환 경기에 나서는 것과 똑같았다.

채나는 이 불가능의 벽을 깼다.

권총이든 소총이든 여자선수가 출전할 수 있는 모든 사격 경기에 나가 금메달을 휩쓸었던 것이다.

어떤 여자 육상 선수가 백 미터에서, 마라톤에서, 투포환 경기에서 모두 금메달을 따낸 경우와 마찬가지였다.

처음, 93년 전미사격 선수권대회에 열네 살짜리 어린 소녀가 출전해 여자사격 종목을 싹쓸이하자 미국사격협회의 관계자들은 어안이 벙벙했다.

아예 국제사격연맹 관계자들은 양키 특유의 호들갑이라고 코웃음까지 쳤다.

그다음 해 채나가 미국대표 선수로 선발되어 세계선수권대회에 출전했을 때, 세계 사격계의 거물인 미국은 약간의 압력을 넣어 사격 종목이 중복되지 않고 하루에 하나씩 열리게끔 스케줄을 조정했다.

결과는 채나가 전 종목을 올킬 했고!

세계 사격계가 뒤집혔고 세계 스포츠계가 열광했다.

세상에 이런 일이!

곧 세계 유수의 언론에서 스포츠 과학자와 물리학자 등을 총동원해 결론을 내렸다.

─아무도 인간 능력의 끝이 어딘지 모른다.

─사격은 엄청난 체력을 필요로 하는 스포츠가 아니다.

─정밀한 기계와 함께하는 고도의 집중력을 요구하는 두뇌 스포츠다.

─전혀 다른 종류의 총을 쏘는 사격경기에서 한 선수가 전 종목을 올킬 할 수 있을까? 충분히 가능하다.

─어떻게? 이미 채나 킴 선수가 해냈잖은가!

아주 교묘한 논평이었다.

쉽게 말해 이미 어떤 사람이 해낸 일을 가지고 뭘 따져? 정답이 나왔잖아! 라는 뜻이었다.

아무튼 이후 채나는 세계 스포츠계에 슈퍼스타로 떠오르면서 유명한 골프 황제 타이거 우즈와 함께 남녀 양축으로 군림하기 시작했다.

이런 일화도 있었다.

96년 애틀랜타 올림픽에 출전한 채나가 다섯 종목에서 금메달을 휩쓸며 마지막 클레이 사격 트랩 단체전에 들어갔을 때 미국을 비롯한 세계 스포츠팬들은 환호했다.

미국팀은 이미 세계선수권대회 등 여타 대회에서 이 트 랩 단체전에서 한 번도 진 적이 없는 초강자로 군림하고 있 었고, 채나가 세계선수권대회에 이어 올림픽까지 전 종목 을 올킬 하는 전무후무한 일이 눈앞으로 다가왔기 때문이 었다.

하나, 수지와 애슐리 선수의 어이없는 실수가 이어지면서 미국팀이 은메달에 그치자 팬들은 그야말로 패닉 상태에 이 르렀다.

실제로 미국 대표선수들이 귀국하는 공항에서 수지와 애 슐리 선수를 총으로 저격하는 광태가 벌어졌다.

급기야 채나가 기자회견을 열어 팬들을 진정시키기까지 했다.

그야말로 채나의 인기가 하늘을 찔렀다.

하지만… 그것으로 끝이었다.

아이러니하게도 그 이후에 채나가 세계선수권대회와 올림 픽에 연속 출전하면서 무더기로 금메달을 획득했건만 채나는 점점 더 대중들의 기억 속에서 멀어져 갔다.

세계적인 총잡이!

채나는 그냥 그렇게 사람들에게 기억되었고 일 년에 두세 번쯤 그 근황이 신문에 실렸을 뿐이다.

비인기 종목의 서러움!

채나는 인기 스포츠인 축구, 야구, 농구 등의 스타들처럼 광고 시장을 휩쓸고 천문학적인 수입을 올리면서 하루가 멀다고 TV에 출연하는 그런 슈퍼스타가 아니었다.

올림픽이나 세계대회가 열릴 때 잠깐 주목받는 선수.

채나 킴이었다.

솔직히 말해 어디서 대회가 열리고 어떤 종목이 있는지조차 모르는 사격선수들을 누가 얼마나 기억하겠는가?

물론 사격에도 그들만의 리그가 있었고 마니아들이 존재했다.

총을 다루는 직업을 가진 군인이나 경찰, 사격을 즐기는 동호인들.

이들에게 채나는 하느님과 동격이었다.

＊　　　＊　　　＊

"곧 경기가 시작될 예정입니다. 연습사격이 끝났으면 모두 저를 주목해 주시기 바랍니다!"

거대한 스피커에서 흘러나오는 묵직한 음성이 눈 덮인 야산이 바라다 보이는 넓은 야외 사격장을 울렸다.

잘 정돈된 사격장에는 수십 개의 사로가 보였고, 사로의 양편으로 100미터부터 600미터까지 거리를 표시하는 팻말과

100미터마다 사방 10미터쯤 되는 타깃이 우뚝 서 있었다.

웅성웅성!

그리고 사대 뒤에 자리 잡고 있는 컴퓨터로 채점되는 스코어보드 앞에는 다양한 복장을 한 수백 명의 사람이 모여 있었다.

얼룩무늬 군복에 검은 베레모, 상하의가 하나로 붙어 있는 시커먼 제복, 색이 바랜 허름한 군복, 장발에 줄무늬 트레이닝복까지……

한 가지 공통점은 있었다.

아주 잘 다져진 몸과 면도칼을 박아 넣은 듯한 눈빛!

이들은 누가 봐도 셋 중 하나였다.

군인이거나 경찰 혹은 운동선수.

"반갑습니다. 미연방수사국의 연수부장 프레들릭 포우입니다."

등에 FBI라고 새겨진 검은 제복을 걸친 금발의 신사가 마이크를 잡은 채 스코어보드 앞에 놓인 연단 위에 서 있었다.

프레드릭 연수부장은 FBI에서 넘버 텐에 들어가는 고위관리로 유연한 처세술과 특유의 정치력으로 차기 FBI국장으로 강력하게 거론되는 엘리트였다.

"먼저 오늘 친선 경기에 감독관을 맡게 된 것을 무한한 영광으로 생각합니다. 바쁘신데도 불구하고 이 자리를 빛내주시기 위해 참석해 주신 각 부대장님, 팀장님들께 다시 한 번 감사를 드립니다."

연수부장이 몇몇 중년 사내에게 가볍게 목례를 했다.

"사실 대장님과 팀장님들을 모신 것은 부도가 나면 책임질 보증인으로……."

"낄낄낄!"

연수부장이 너스레를 떨자 유쾌한 웃음소리가 사대 주변을 감쌌다.

뒤이어 연수부장이 다른 사람들과는 달리 말끔한 양복을 갖춰 입고 잔잔한 미소를 띤 채 연단 옆에 조용히 서 있는 노신사를 돌아봤다.

"그리고 오늘 이 자리에는 미국에서 가장 바쁘신 VIP 한 분이 참석해 주셨습니다. 여러분! 지미 페이지 회장님이십니다."

와아아아아! 짝짝짝…….

환호와 함께 우레와 같은 박수가 터졌다.

노신사가 활짝 웃으며 한 손을 번쩍 들었다.

월 스트리트 저널이 선정한 2001년도 미국 십대 부자 중 한 사람으로 방산업체로 유명한 더글러스사의 오너 겸 미국사격 협회 회장인 지미 페이지였다.

연수부장이 마이크를 지미 페이지 회장에게 건넸다.

"껄껄걸! 이렇게 좋은 사격장을 돈 한 푼 받지 않고 우리 대표팀에게 빌려주신 FBI 관계자 여러분께 진심으로 감사를 드리오!"

"하하하"

대원들이 가벼운 웃음을 터뜨렸다.

지미 페이지 회장은 미국 사회에서도 알아주는 우익의 거두로서 NRA, 즉 전미총기협회장도 겸임하고 있었다.

그는 끔찍이도 미국 사격대표팀을 사랑했다. 합숙 훈련이나 시합이 있을 때면 열일을 마다하고 쫓아가는 다혈질 회장님이었다.

"FBI를 비롯한 기관요원들, 네이비실을 비롯한 특수 부대원들, 그리고 사랑하는 우리 대표팀 선수들! 여러분의 늠름한 모습을 보니 이곳에 오길 정말 잘한 것 같소. 내가 말주변이 없어서 오늘도 언제나처럼 똑같은 말로 인사를 해야겠소."

페이지 회장이 주먹을 힘껏 움켜쥐었다.

"우리 조국 미국을 지켜줘서 정말 고맙소!"

타타타탕! 짝짝짝!

페이지 회장의 진정 어린 인사가 끝나자 공포탄이 발사되면서 사격장이 떠나갈 듯한 박수가 터져 나왔다.

페이지 회장이 환한 미소를 띤 채 다시 한 번 손을 흔들었다.

"시합의 승패와 관계없이 여기 계신 모든 분은 한 분도 빠짐없이 오늘 저녁, 내가 주최하는 파티에 꼭 참석하셔야 하오. 아시겠소?"

"옛설―! 프레지던트!"

사격장에 모여 있던 남녀들이 마치 리허설이라도 한듯 일제히 대답했다.

"경고하지만 파티에 참석하지 않는 사람은 내가 가지고 온 기념품도 받을 수 없소!"

페이지 회장이 미소를 띤 채 사격장에 모여 있는 남녀들을 훑어봤다.

"기념품 내용은 뱅크 오브 아메리카 봉투에 담긴 현금 천 달러요."

"와아아아―!"

엄청난 환호성이 사격장을 뒤덮었다.

사람들이 페이지 회장을 따르는 이유 중 하나였다.

거부답게 서슴없이 돈질을 했다.

페이지 회장은 사람들이 가장 좋아하는 것이 돈, 현금이라고 확신하고 있었다. 너무도 정확하고 너무도 건전한 생각이었다.

"껄껄껄! 관광할 때 보태 쓰시오. 조국을 지켜줘서 정말 고맙소!"

페이지 회장이 다시 한 번 진정 어린 인사를 했다.

"고맙습니다, 회장님! 오랜만에 마음에 쏙 드는 기념품을 받겠군요. 가실 때 남는 기념품이 있으면 서너 개쯤 더 주고 가시기 바랍니다!"

"와하하하!"

연수부장이 페이지 회장이 주는 기념품, 현금을 탐내는 답사를 하자 상쾌한 웃음소리가 다시 사격장을 울렸다.

가끔 어떤 첩보소설이나 영화에서 보면 방산업체와 군납업체, CIA와 FBI 혹은 네이비실 등 특수 부대들이 서로 반목하고 갈등이 있는 것처럼 그리는데 사실은 그렇지 않다.

CIA나 FBI의 요원들 대다수는 네이비실, 특전사, 델타포스 같은 특수 부대 출신들이었고 수시로 특수 부대와 어울려 대테러 작전 같은 합동 훈련을 펼치곤 했다.

또한 정보요원이나 특수 부대원들이 전역 후에 방산업체나 군납업체에 취업하는 일은 아주 흔했다. 결국 이 사격장에 모여 있는 사람들은 한 달에 한 번쯤 만나는 친목계원들이었다.

"오늘 밤 지미 페이지 회장님께서 주최하는 파티에는 인기 연예인들이 대거 참석할 예정이라고 합니다. 다시 한 번 회장님께 큰 박수를 부탁드립니다!"

와아아아아! 짝짝짝······.

우레와 같은 함성과 박수 소리가 또다시 사격장을 뒤흔들었다.

그리고 연수부장이 한 손에 M16소총을 든 채 헤드폰을 끼고 머리를 흔들며 노래를 흥얼거리는 채나를 쳐다봤다.

"흠! 채나 킴 선수가 작은 줄은 알았지만 직접 보니까 정말 작군요. 거의 M16만 해요."

"으흐흐흐!"

대원들이 채나를 힐끔거리며 웃어댔다.

빽!

채나가 헤드폰을 벗으며 혀를 쑥 내밀었다.

"우씨! 부장님이 저 키 크는데 뭐 보태주신 거 있어요?"

"없죠! 없어서 오늘 채나 킴 선수에게 좀 보태주려고 합니다만……."

채나가 다시 말을 받으려 할 때 페이지 회장이 가로챘다.

"껄껄껄! 채나 양! 신경 쓰지 마세요. 저 프레드릭 부장님은 FBI의 심리전 교관을 겸하고 계십니다."

"핫핫! 회장님께 들켰군요. 채나 킴 선수를 좀 흔들어 볼까 했는데?"

연수부장이 쓴웃음을 지었다.

"하아—"

갑자기 연수부장이 땅이 꺼져라 한숨을 쉬었다.

"한데 저 숙녀를 보면 왠지 불안해지는 건 저 혼자만의 노파심일까요?"

……

연수부장의 말이 끝나자 갑자기 화기애애하던 사격장이 냉수 뿌린 듯 조용해졌다.

"맞다! 저 괴물. 지구 최고의 총잡이……"

"어떤 총이든 한번만 만지면 능숙하게 다룰 수 있다는 UFO 저격수!"

"왜 우리가 저 땅콩 킬러를 잊어버리고 있었지?"

대원들이 여기저기서 수군거렸다.

"어떤가요? 저 귀여운 총잡이를 보니까 정신이 번쩍 나지요?"

연수부장이 눈을 가늘게 뜨며 대원들을 흩어봤다.

역시 FBI 심리전 교관다웠다.

적을 이용해서 적을 제압하는 전형적인 이이제이 수법.

연수부장의 노린 것은 채나가 아니라 채나의 명성을 이용해 사격장에 모인 다른 대원들을 흔들어 놓는 것이었다.

"네! 갑자기 채나 킴의 공포가 스멀스멀……"

"채나 킴은 명백한 부정선수입니다!"

"맞습니다. 외계인하고 싸워야지, 왜 연약한 우리 해병대하고 붙죠?"

"아니면 FBI하고 맞짱을 뜨든지. 흐흐흐……."

하지만 이 사격장에 모인 대원들은 그런 수법에는 이골이 났는지 전혀 동요하지 않았다. 되려 교묘하게 FBI를 낚으려 들었다.

"핫핫핫! 여러분! 미국이 낳은 슈퍼스타 지구 최고의 총잡이 채나 킴을 소개합니다."

뻘쭘해진 연수부장이 과장되게 웃으면서 한 손으로 채나를 가리켰다.

탕탕탕탕! 짝짝짝!

휘파람 소리와 박수 소리가 공포탄과 함께 겨울 하늘을 뒤덮었다.

"채나 킴! 채나 킴! 채나 킴!"

대원들이 채나를 연호했다.

채나가 활짝 웃으며 M16소총을 번쩍 들어 환호에 답했다.

짝짝짝!

연수부장이 가볍게 박수를 치면서 천천히 고개를 돌려 몇몇 중년 사내를 흘어봤다.

중년 사내들이 고개를 가볍게 저었고 연수부장이 고개를 끄덕였다.

"…또 이 자리에 여러 VIP께서 오셨지만 국가기밀상 소개시켜 드리지 못하는 점 양지해 주시기 바랍니다."

중년 사내들은 미국대통령 경호실 소속의 비밀요원들이었다.

"자! 그럼 이제 본격적으로 게임을 시작하겠습니다."

프레드릭 연수부장이 주먹을 움켜쥐며 씩씩하게 외쳤다.

…….

다시 사격장이 조용해졌다.

"먼저 사로를 배치하겠습니다. 맨 오른쪽 1번 사로 FBI!"

"우우우우우!"

연수부장의 말이 끝나자마자 여기저기서 엄청난 야유가 터져 나왔다.

"하하하! 뭔가 착각하시는 것 같은데 여기는 FBI 전용 사격장입니다. 우리 집이거든요! 정 아니꼬우면 우리 연방수사국으로 오시든지?"

연수부장이 코믹한 표정을 지으며 양손을 벌렸다.

"킬킬킬킬! 우우우우……."

다시 웃음소리와 함께 야유가 터졌다.

사로(射路)란 야외 사격장에서 흔히 사용하는 말로 사수들이 서 있는 사대에서 타깃까지 이어진 길을 뜻한다.

당연히 사로가 많으면 많을수록 크고 넓은 사격장이었다.

지금 이 FBI 전용 사격장은 오십 명이 한꺼번에 사격을 할 수 있도록 1번 사로부터 50번 사로까지 만들어져 있었다.

특히, 맨 오른쪽 1번 사로는 바람의 영향을 많이 받지 않고 타깃이 한쪽에 몰려 있어 시계가 편해 조준하기에 가장 좋은 자리였다.

그 자리를 FBI소속 연수부장이 FBI가 유리하도록 배치를 하자 다른 기관의 대원들이 맹렬하게 야유를 보낸 것이다.

"다음 4번 사로 특전사, 8번 사로 CIA, 12번 사로 DIA, 16번 사로 해병대, 20번 사로 뉴욕 SWAT, 24번 사로 여자 대표팀, 30번 사로 남자대표팀, 35번 사로 네이비실, 40번 사로 대통령 경호실! 이상입니다."

연수부장이 한 손으로 사로를 지적하며 거침없이 외쳤다.

"이제 각 팀별로 지정된 사로 앞에 정렬해 주시기 바랍니다."

연수부장의 지시가 떨어지자 M16소총을 든 대원들이 질서 정연하게 각 사로별로 열 명씩 자리를 잡았다.

응원 나온 대원들과 책임자들도 각 팀의 사로 뒤로 모였다.

"OK, OK! 사로 따위는 전혀 문제없어! 실력으로 죽여줘!"

대령 계급장이 달린 팔각모자를 쓰고 잘 다려진 군복을 걸친 해병대 장교가 주먹을 불끈 쥔 채 소리쳤다.

"옛설―! 캡틴!"

삼십여 명의 해병대원이 사격장이 떠나가라 대답했다.

"야! SWAT 대원들! 니들 오늘 지면 어떻게 되는 줄 알지?"

"맨하탄 거리까지 팬티 차림으로 구보하겠습니다!"

"좋아! 뉴욕 경찰특공대 화이팅!"

"뉴욕 경찰특공대 파이팅—!"

SWAT라는 글씨가 새겨진 방탄조끼를 걸치고 금테가 수놓인 모자를 쓴 중년 사내가 선창하자 사십여 명의 뉴욕 경찰특공대 대원이 씩씩하게 복창을 했다.

"GO— GO— CIA!"

"화이팅! 파이팅! FBI!"

여기저기서 각 팀원이 힘차게 구호를 외쳤다.

연수부장이 가볍게 손을 들자 사격장이 다시 잠잠해졌다.

"헐! 오랜만에 뉴욕 경찰특공대가 팬티 바람에 뉴욕 한복판을 뛰어가는 모습을 구경하게 되겠군요."

연수부장이 뉴욕 경찰특공대원들을 쳐다보며 야릇한 미소를 흘렸다.

"우하하하! 우우우우!"

웃음소리와 야유가 다시 사격장을 뒤흔들었다.

연수부장이 미소를 띤 채 마이크를 들고 주위를 돌아봤다.

"모두 자리를 잡으신 듯하니 지금부터 경기 규칙을 말씀드리겠습니다."

선수들의 얼굴이 딱딱하게 굳어가기 시작했다.

"먼저 어제 오전에 공지했습니다만 오늘 경기에 사용할 총은 M16A1입니다. 베트남전에서 사용했던 골동품들이니 잘 다뤄 주시기 바랍니다."

"큭큭큭."

연수부장의 괜찮은 조크에도 대원들의 웃음소리가 점점 가라앉았다.

"각 팀의 선수는 열 명씩! 한 명당 60발의 총알과 1분의 시간을 드리겠습니다. 사격이 끝난 선수는 즉시 퇴장하고 다시 3분 뒤에 다른 선수가 나와 똑같은 요령으로 사격을 합니다. 모두 600발의 총알 중 타깃에 명중된 총알의 점수를 합산해 우승팀을 가립니다."

연수부장이 차근차근 규칙을 설명했다.

"여러분도 보시다시피 지금 사로에는 100미터부터 500미터까지 다섯 개의 타깃이 놓여 있습니다."

규칙은 간단했다.

100미터 거리의 타깃을 맞추면 10점, 200미터 거리의 타깃을 맞추면 20점,

300미터 거리의 타깃을 맞추면 30점, 400미터 거리에 타깃을 맞추면 50점,

마지막 500미터의 타깃을 맞추면 100점으로 계산된다.

결론은, 멀리 있는 타깃을 많이 맞추면 맞출수록 높은 점수를 얻고 그만큼 우승할 확률이 높은 경기였다.

"아주 알기 쉬운 채점방식이군."

지미 페이지 회장이 마음에 든다는 듯 미소를 지으며 고개를 주억거렸다.

"마지막으로 오늘 경기에 핵심 포인트를 말씀드리겠습니다. 1점에 1달러! 어떻습니까? 외우기도 좋죠!"

연수부장이 어깨를 으쓱하며 마이크를 한 바퀴 돌렸다.

"하하하하! 화이팅!"

"아자! 아자! 아자!

"원 포인트 원 달러!"

사격장에 모여 있던 대원들의 구호와 웃음소리가 다시 높아졌다.

각 팀당 600발의 총알을 쏴서 가장 많은 점수를 획득한 팀이 우승!

우승팀을 제외한 나머지 팀들은 우승팀의 점수에서 자신들이 얻은 점수를 빼고 남은 점수를 1점에 1달러씩 계산해 우승팀에게 돈을 주는 경기!

예를 들어 우승팀이 1만 점을 얻고 어떤 팀이 5천 점을 얻었다면 1점에 1달러씩이니까 5천 달러를 우승팀에게 지불해야 되는 살벌한 경기였다.

우리 주위에서는 좀처럼 구경할 수 없는 게임……

평생을 총과 함께 살아가는 특수한 직업을 갖고 있는 사람들이 벌이는 친선경기를 빙자한 내기!

총 권하는 사회, 미국에서나 벌어질 수 있는 노름이었다.

*   *   *

"10분 뒤, 1번 사수부터 슛을 시작하겠습니다."

연수부장이 마이크를 부하 직원에게 건네주며 연단에서 내려왔다.

FBI 대원들을 쳐다보며 두 손을 번쩍 치켜들었다.

"우리는 내일 아침 와이키키로 떠난다!"

"옛설! 파이팅 FBI—!"

FBI대원들이 환하게 웃으며 일제히 구호를 외쳤다.

"모두 모여봐!"

짧은 스포츠형 머리에 콧수염을 기르고 눈빛이 매서운 오십대 동양인 사내가 가볍게 박수를 쳤다.

미국 사격대표팀 감독 제이슨 장이었다.

채나와 같은 유니폼을 입은 삼십여 명의 남녀 선수가 둥근 원 형태로 정렬했다. 미국 사격 국가대표팀 선수들이었다.

"회장님께서 먼저 한 말씀하시지요?"

제이슨 장이 페이지 회장을 보면서 입을 열었다.

"껄껄껄! 우리 팀은 세계챔피언이오. 자신을 갖고 쏘시오!"

페이지 회장이 채나의 어깨를 두드리며 격려했다.

"만에 하나라도 돈 걱정은 마시오. 미국 땅 절반이 내 겁니다. 오늘 게임에서 지면 알래스카에 아무도 모르게 사둔 땅을 조금 떼서 러시아에 팔면 되오!"

"깔깔깔! 하하하!"

페이지 회장의 여유있는 농담에 선수들이 환하게 웃었다.

페이지 회장이 품에서 두툼한 수표책과 만년필을 꺼냈다.

"오늘 우리 팀 최우수 선수에게 드리겠소."

페이지 회장이 물 흐르듯 수표책에 사인을 했고 선수들의 눈이 커졌다.

"1만 달러짜리 수표요!"

페이지 회장이 수표 한 장을 손에 들고 흔들었다.

"깍! 우리 회장님 만세—!"

대표팀 선수들이 M16 총을 흔들며 환호를 했다.

"껄껄껄! 최선을 다하시오. 그리고 1만 달러의 주인공이 되시오!"

찡긋!

페이지 회장이 수표를 총처럼 둥글게 말아 채나에게 쏘며 윙크를 했다.

"우헤헤헤헤헤!"

채나가 특유의 웃음으로 대답했다.

대표팀 감독 제이슨 장이 한 손을 가볍게 들었다.

"M16을 다루는 요령은 더 이상 말하지 않겠다. 회장님 말씀 잘 들었지?"

"옛 썰—!"

"1만 달러를 쏴라!"

"미국 대표팀 파이팅! 파이팅! 파이팅!"

페이지 회장과 제이슨 장 감독 대표팀 선수들이 둥글게 모여 힘차게 구호를 외쳤다.

짝!

제이슨 장이 채나와 경쾌하게 하이파이브를 했다.

"녀석! 속보인다. 속보여! 조금 전까지만 해도 벌레 씹은 얼굴이더니 이젠 보름달이구나."

"헤헤! 코 묻은 돈 몇 푼 먹어봤자 찝찝하잖아? 이 추운데 일당도 안 되고!"

"절대 봐주지 마! 포인트를 얻을 수 있는데까지 얻어. 이런 게임에서 물리면 우리 대표팀 위상 자체가 흔들린다."

"1만 달러면 토마호크 미사일이 날아와도 격추시킬 수 있지. 헤헤헤!"

"핫핫핫! 녀석!"

제이슨 장이 인자한 미소를 지으며 채나의 어깨를 두드렸다.

미국 사격대표팀 총감독인 제이슨 장은 채나를 사격선수로 입문시켜 지금까지 돌봐 온 선생님이자 보호자였다.

채나가 죽고 못 사는 케인 박사의 양아버지이기도 했고!

땡똥땡…….

경쾌한 차임벨이 울리면서 아연 사격장이 팽팽한 긴장감으로 휩싸였다.

"경기를 시작하겠습니다! 각팀 1번 사수, 사선 앞에 정렬해 주십시오."

연수부장이 한 손에는 마이크, 다른 한 손에는 권총을 들고 연단에 올라갔다.

M16을 든 사수들이 사선에서 다양한 자세를 취한 채 타깃을 겨냥했다.

"사격 개시!"

탕!

연수부장이 힘차게 외치며 허공을 향해 권총을 쐈다.

타타타타─! 탕탕탕!

M16 소총 특유의 콩 볶는 듯한 소리가 사격장을 울리면서 총알이 날아가 타깃을 관통했다.

계속해서 총알이 날아가고 간간이 휘날리던 눈발이 점차 거세지기 시작했다.

"각팀 1번 사수! 사격 끝!"

탕!

연수부장이 다시 허공을 향해 권총을 쐈다.

십 초 뒤, 스피커에서 예쁜 여자 목소리가 흘러나오며 점수를 발표했다.

―1번 사로 FBI 580점.

"와아아아!"

사격장의 맨 오른쪽에 모여 있던 FBI대원들이 일제히 탄성을 질렀다.

―4번 사로 특전사 560점― 8번 사로 CIA 550점.

"와우우우!"

계속해서 점수가 발표되고 환호와 탄성이 오고 갔다.

각 팀의 1번 사수들의 점수는 거의 500점대를 마크해 크게 차이가 없었다.

1등인 네이비실과 꼴찌인 여자 대표팀의 차이가 고작 40점이었다.

그럴 수밖에 없는 것이 대부분 선수들이 안전하게 사격을 한 탓이었다.

200미터 밖의 타깃을 겨냥해서 20점을 얻는 것보다 실수 없이 100미터 타깃을 겨냥해서 10점을 얻는 작전을 썼다.

아차 하면 10점도 얻지 못하고 빵점이 되기 때문이었다.

이건 연습이나 장난 사격이 아니었다.

1점에 1달러! 어쩌면 1점에 100달러가 될지도 모르는 살떨리는 노름이었다.

역시 미국 전역에서 모여든 최고의 총잡이들답게 무서운 솜씨를 보였다.

눈이 내려 시계조차 불확실한 이때!

M16 소총으로 60발을 쏴서 100미터 떨어진 타깃에 55발에서 59발까지 명중시킨다는 것은 굉장한 솜씨임에 틀림없었다.

이쯤에서, 대개 총을 쏴보지 않은 사람들이 이런 말을 한다.

M16소총의 유효사거리가 460미터나 되는데 겨우 100미터밖에 있는 사방 1미터짜리 타깃을 맞추는 게 무슨 자랑이냐구!

유효사거리! 총알이 날아가 살상과 파괴를 효과적으로 할 수 있는 거리를 뜻한다.

그 총알이 날아가 뭘 맞힐지는 아무도 모르고…….

유효사거리나 최대 사거리 등은 총기 안내서에 한 줄을 차지하고 있는 제원일 뿐이다. 명중률하고는 관계가 없다.

총은 무생물인 기계다.

인간이 총알을 넣고 정확히 조준을 해서 발사를 해야만 명중시킬 수 있다.

인간은 날씨, 시간, 온도 등 주위환경에 아주 민감한 동물이어서 조금만 춥고 바람이 조금만 세게 불어도 총을 쏠 때 엄청난 영향을 미친다.

누구나 경험이 있지만 눈이 내릴 때 100미터쯤 떨어진 저편을 보면 거의 아무것도 보이지 않는다.

사방 1미터짜리 물체 정도면 보였다 안 보였다 할 것이고!

물론, 200미터밖에는 뭐가 있는지 전혀 모른다.

이런 날씨에 구닥다리 M16A1소총으로 100미터 밖의 타깃을 90% 이상 적중시킨다는 것은 이들이니까 가능했다.

미국 정부에서 막대한 예산을 투입해 훈련을 시킨 살인면허를 지닌 기계 같은 총잡이들!

말 그대로 명불허전이었다.

타타타타탕!

눈발이 점점 굵어지고 있는 가운데 각 팀의 아홉 번째 사수들의 사격이 모두 끝났다.

아홉 팀의 성적이 거의 비슷비슷해서 5,000점대에서 맴돌고 있었다.

1등이 5,370점의 네이비실, 2등이 5,250점의 FBI, 3등이 5,230점의 대통령 경호실, 남자 대표팀이 5등, 꼴찌가 채나가 소속된 여자 대표팀으로 5,140점이었다.

"이제 마지막 사수들입니다."

연수부장이 미소를 띤 채 권총을 들어 올렸다.

어떤 경기든 마지막 주자는 대개 팀의 에이스가 맡는다.

당연히 미국사격 여자 대표팀의 마지막 주자는 지구 최고의 총잡이라는 채나였다.

찡긋!

채나가 M16소총을 든 채 사선을 향해 걸어가며 페이지 회장에게 귀엽게 윙크를 했다.

'거참! 조만간에 병원에 한번 가봐야겠군. 왜 채나 양 사로에 놓여 있는 타깃들은 저렇게 커 보이지? 방금 전까지만 해도 형체조차 희미했는데 채나 양이 사선에 들어서자 열 배는 커 보여!'

페이지 회장이 고개를 갸우뚱했다.

'저게 소위 동양인들이 말하는 고수들이 풍긴다는 기(?)라는 건가?'

페이지 회장이 의문을 느낄 때 채나가 입사(立射) 자세를 취했다.

딸각!

그리고 M16 소총의 발사 스위치를 자동으로 바꿨다.

탕!

사격 개시를 알리는 권총 소리가 허공을 갈랐다.

투투투투—

채나의 총구에서 시뻘건 화염이 토해지며 30발짜리 탄창이 순식간에 비었다.

물 흐르듯 탄창이 교환되고 몇 초 걸리지 않아 두 번째 탄창도 비었다.

두 번째 탄창이 비기까지 채 십 초도 걸리지 않았다.

"후우……."

채나가 벌겋게 달아오른 총열을 가볍게 불었다.

이어 M16소총의 총구를 허공으로 돌린 채 방아쇠를 당겨 총알의 유무를 확인했다.

탕!

잠시 후 사격을 종료한다는 권총 소리가 울려 퍼졌다.

"각 팀 10번 사수 사격 끝! 이것으로서 오늘 시합을 모두 종료합니다. 각 팀 선수들 수고 많이 하셨습니다. 모든 사수들은 사선에서 물러나 각자 총을 점검해 주시기 바랍니다."

철커덕! 철컥!

연수부장의 지시에 따라 사수들이 M16 소총을 점검했다.

그리고 지체없이 예의 예쁜 목소리가 최종 점수를 발표했다.

—1번 사로 FBI! 10번 사수 560점! 최종합계 5,810점!

"우아아— 우리가 우승이다! 우승이야!"

FBI 요원들이 엄청난 환호를 터뜨렸다.

—4번 사로 특전사! 10번 사수 540점! 최종합계 5,450점!

"오 마이 갓!"

특전사 대원들이 베레모를 팽개쳤다.

—8번 사로 CIA! 10번 사수 530점! 최종합계 5,500점!

"후우우우! 내가 실수를 해서……."

CIA의 최종점수 발표되자 CIA요원 한 명이 자신의 머리를 쥐어뜯었다.

모두 여섯 팀의 최종점수가 발표됐을 때 각 팀의 평균 점수를 내었을 때 거의 5,500점대를 왔다 갔다 했다.

이어서 문제의 여자 대표팀 점수가 발표됐다.

—2, 24번 사로……. 여자 대표팀! 10번 사수 6,000점! 최종합계 11,140점!

스피커 상태가 좋지 않아서일까? 예쁜 목소리가 약간 떨리는 듯 들렸다.

…….

태고의 정적이 이렇게 고요했을까?

눈발이 거세지는 야외 사격장에는 무려 사백여 명의 사람이 북적대고 있었건만, 채나의 사격 점수가 발표되자 단 한 사람도 입을 열지 않았다.

퍼펙트!

500미터 밖의 100점짜리 타깃에 60발 전부를 명중시킨 것이다.

짝짝짝짝…….

누군가 박수를 치기 시작했다.

"브라보! 브라보! 브라보! 역시 지구 최고의 총잡이다! 만점에 60발을 모조리 꽂았어! 와하하하하하!"

페이지 회장이 양손을 마구 흔들며 미친 듯이 웃어댔다.

"꺄아아악! 채나 만세!"

여자 대표팀 선수들이 채나를 허공으로 들어 올려 헹가래를 쳤다.

"오오오오오오— 할렐루야! 신께서 강림하셨다. 껄껄껄……."

페이지 회장이 손수건으로 연신 얼굴을 닦았다.

툭!

제이슨 장이 미소를 띤 채 채나와 가볍게 주먹을 부닥쳤다.

"수고했어! 역시 우리 채나다."

"헤헤헤! 오늘 같은 날은 점당 100달러쯤 했어야 하는데 아쉽네?"

"큭큭! 징그러운 녀석!"

제이슨 장이 채나의 머리를 마구 흔들었다.

"채나 킴! 채나 킴! 채나 킴!"

잠시 후 엄청난 박수 소리와 함께 채나 킴을 연호하는 소리가 사격장을 메아리쳤다.

채나가 활짝 웃으며 M16소총을 번쩍 치켜들었다.

이때, 대표팀 유니폼을 걸친 푸른 눈의 청년이 조용히 다가와 채나에게 종이 한 장을 내밀었다.

"1점에 1달러씩! 정확히 계산했습니다, 각 팀별로! 우후후후……."

"GOOD! 우리 대표팀 여성동지들! 수금하러 가실까요?"

"네에! 보스 채나!"

여자 대표팀 선수들이 씩씩하게 대답하며 모자를 벗어들고 각 팀의 팀장들에게 달려갔다

쨍그랑!

각 팀의 팀장들과 대원들의 얼굴이 무참하게 일그러졌다.

"윽! 5,330달러?! 뭐, 뭐가 이렇게 많아! 이거 정확히 계산한 거야?"

FBI 연수부장 프레드릭이 숫자가 적힌 쪽지를 바라보며 입을 딱 벌렸다.

"네에……. 부장님!"

여자 대표선수 노라 캔들러가 예쁘게 미소를 지으며 애교를 떨었다.

"어이구! 내 일 년치 연봉이 몽땅 날아가네?"

연수부장이 수표책을 꺼내 사인을 하며 FBI 요원들을 잡아

먹을 듯 노려봤다.

착! FBI 요원들이 번개처럼 고개를 돌렸다.

'이 밥벌레들……. 뒈졌다!'

프레드릭 연수부장이 이빨을 뿌드득 갈며 굳은 결심을 했다.

5,330달러면 우리 돈으로 1달러에 1,200원씩만 계산해도 무려 600만 원이 넘는 엄청난 금액이었다.

지금 지켜보는 사람들이 없었다면 프레드릭 연수부장은 들고 있는 권총으로 대원들을 모조리 사살했을 것이다.

또 한편, 해병대 대령이 예쁘게 웃으며 모자를 내미는 메이건 리를 째려봤다.

"5,930달러라? 카드 되나?"

"네! 대령님. 대신 부가가치세 10% 추가예요."

"으핫핫핫! 멋진 아가씨로군."

해병대 대령이 가늘게 떨리는 손으로 지갑을 열었다.

"해병대 대령이 고작 6,000달러에 손을 바들바들 떠나?"

페이지 회장이 개구쟁이 같은 미소를 지었다.

"하핫! 회장님도……. 누가 손을 떤다고 그러십니까? 날이 추우니까 그렇죠!"

"그 바닥에 흘린 카드나 줍고 얘기하게!"

"읔!"

"큭큭큭!"

메이건 리가 터져 나오는 웃음을 참느라고 얼굴이 새빨갛게 변했다.

'이, 이건 또 언제 떨어진 거야?'

해병대 대령이 부들부들 떨리는 손으로 카드를 집어 들며 도끼눈을 떴다.

사격장 한 모퉁이에서 삼십여 명의 해병대원이 눈이 쌓이는 차가운 땅바닥에 머리통을 박고 있었다.

게임에서 진 보복은 어느 조직에든 있다.

강도만 다를 뿐!

'원수 같은 놈들! 걸프전에서 받은 내 생명수당을 한 방에 날려?'

해병대 대령이 어떻게 하면 자신의 생명수당을 날려 버린 해병대원들의 생명을 잘 끊어줄 수 있을까를 고민하고 있을 때, 프레드릭 연수부장이 신경질적으로 마이크를 잡았다.

"험험! 대강 계산 끝났으면 모두 식당으로 이동하세요! 식당으로 가세요! 다섯 시부터 지미 페이지 회장님이 준비하신 만찬이 있을 예정입니다."

연수부장의 말투에 짜증이 줄기줄기 묻어났다.

피 같은 돈 5,000달러를 날리면 부처님이나 예수님도 짜증을 낸다.

"큭큭큭!"

지미 페이지 회장이 연수부장을 바라보면서 연신 눈물을 훔쳤다.

'짜증내지마, 이 사람아! 그래도 자네는 싸게 봤잖아? 난 1만 달러나 들었어.'

씨벌씨벌.

각 기관의 요원들과 특수 부대 대원들이 욕을 해대며 사격장을 빠져나갔다.

삐익!

갑자기 스코어보드에 붙어 있던 인터폰이 울렸다.

FBI 요원 하나가 인터폰을 든 채 대표팀 감독인 제이슨 장에게 손짓을 했다.

"채나!"

다시 제이슨 장이 여자 선수들과 함께 둘러앉아 열심히 돈을 세는 채나를 불렀다.

"아직 계산 덜 끝났는데?"

채나가 짜증스럽게 고개를 돌렸다.

"네가 돈보다 더 좋아하는 놈이다. 케인이 왔어!"

제이슨 장이 환하게 웃으며 말했다.

"힉!"

채나가 마른 비명을 터뜨렸다.

"지, 진짜 오빠가 왔어? 정말?!"

채나의 입이 빠르게 귀 쪽을 향해 찢어졌다.

"그래 녀석아! 정문 앞에 있다는구나. 나쁜 놈! 지 애비보다 애인을 먼저 찾다니?"

"우헤헤헤! 나하고 더 오래 살 거니까 그렇지?"

채나가 함박웃음을 머금은 채 급히 돈을 안주머니에 구겨 넣고 모자를 썼다.

"월요일 아침에 올게, 감독님!"

"오냐! 눈길 조심하구."

착!

채나가 고양이처럼 뛰어가 페이지 회장이 들고 있던 수표를 낚아챘다.

쪽!

페이지 회장의 볼에 가볍게 키스를 했다.

"안녕히 가세요, 회장님! 최우수 선수… 저 맞죠?"

"그, 그래! 채나 양?"

페이지 회장이 어리둥절했다.

"울 오빠가 왔대, 에헤헤헤……."

채나가 무척이나 기분이 좋은 듯 연신 맹한 웃음을 흘리며 뛰어갔다.

"채나야! 스노우 데려가야지?"

"아참? 스노우 가자! 오빠 왔어!"

제이슨 장이 소리치자 채나가 고개를 돌려 사격장 저편을
보며 외쳤다.

사사사삭!

눈처럼 하얀 고양이 한 마리가 구르듯 달려왔다.

채나가 고양이를 안고 바람처럼 사라졌다.

"허어! 누가 왔기에 채나 양이 저 난리인가?"

페이지 회장이 뛰어가는 채나를 보며 제이슨 장에게 물었
다.

"누구긴 누구겠습니까? 애인이죠."

"애인? 아……. 당신 아들. 내 주치의 케인 박사가 왔구
만!"

페이지 회장이 환하게 미소를 지었다.

"글쎄요? 회장님 주치의나 채나 애인은 맞는 것 같은데 제
아들은 아닌 것 같군요. 제 아들놈은 아버지를 먼저 찾지, 애
인을 먼저 찾지는 않을 겁니다."

제인슨 장이 떫은 표정으로 말꼬리를 꼬았다.

"껄껄껄! 섭섭해도 어쩔 수 없네. 채나 양이나 케인 박사
나이 때는 가족보다 친구, 친구보다 애인이 우선이니까!"

"그런가요? 쩝쩝……."

제이슨 장이 쓴웃음을 흘리며 눈 속을 달려가는 채나를 물끄러미 쳐다봤다.

　　'어떻습니까? 아버님! 이제는 확실히 일가를 이룬 것 같지 않습니까? 아버님이 그토록 애지중지하시는 선문(仙門)의 제98대 대종사(大宗師)께 아버님이 제일 싫어하시는 총(銃), 악마의 쇠붙이라고 말씀하시던 그 총을 입신(入神)의 경지까지 가르쳤습니다. 더 이상 총으로는 적수가 없을 것입니다.'

　　제이슨 장이 의미를 알 수 없는 독백을 읊조렸다.

　　함박눈이 내리는 길모퉁이에 깔끔하게 재단된 양복과 고급 오버코트를 걸친 훤칠한 이십대 청년이 미소를 띤 채 서 있었다.

　　쌍꺼풀이 예쁘게 진 큼직한 눈과 짙은 송충이 눈썹, 깎아놓은 듯한 콧날과 조금 얇은 듯한 입술, 거기에 깨끗한 피부와 늘씬한 키까지!

　　서양인이라기에는 검은 눈동자가 조금 걸렸고 동양인이라기엔 너무 이국적인 용모였다. 전형적인 동서양의 합작이었다.

　　특히 흑진주처럼 빛나는 맑은 눈빛은 그가 아주 총명한 사람이란 것을 말해줬다.

　　닥터 케인, 흔히 케인 박사라고 불렀다.

현재 하버드 의대 종신교수로서 하버드 의대 부속 암 연구소에 수석연구원으로 재직 중인 이 케인 박사는 초등학교를 졸업하자마자 하버드대학교에 진학을 허가받은 세계적인 천재였다.

작년에 노벨 화학상을 수상하면서 전 세계에 그 천재성을 입증했고!

"오빠!"

"후……. 우리 울보!"

눈 속에서 채나가 달려왔다.

채나와 케인이 포옹을 했다.

그리고 오랫동안 키스를 했다.

"쩝쩝! 추운데서 저렇게 오랫동안 키스를 하면 감기 걸릴 텐데?"

완전무장을 한 채 정문을 경비하던 경찰이 부러움인지 걱정인지 모를 묘한 말을 뱉으며 입맛을 다셨다.

톡톡!

스노우가 그만 떨어지라는 듯 채나를 건드렸다.

채나와 케인이 천천히 떨어졌다.

채나의 눈에서 눈물이 흘렀다.

케인이 손수건으로 채나의 눈물을 닦아줬다.

사실 오빠와 이렇게 만나는 것은 정말 쉽지 않다.

오빠가 의대를 졸업하고 연구소에 들어가면서부터 오빠를 만나기가 더욱 힘들어져 거의 하늘의 별 따기였다.

나 또한 합숙이다 시합이다 알바다 해서 정신이 없었고!

그래도 늘 내 가슴에는 오빠가, 오빠 가슴에는 내가 있었다.

근데, 왜 난 오빠만 보면 눈물이 나는지 모르겠다.

오빠가 울보라고 놀려도 오빠를 보면 눈물이 난다.

어린 시절 나를 보호하기 위해 자신의 다리가 자동차 바퀴에 깔리면서도 이를 악물고 참던 오빠의 모습이 생각 나설까?

케인이 채나를 아기를 안 듯 번쩍 안아 들고 자동차들이 세워진 주차장 쪽으로 걸어갔다.

"꼭 아빠가 아기를 안고 가는 것 같네? 채나 킴 선수가 너무 작아."

지켜보던 경찰이 씨익 웃었다.

그 순간, 채나가 쪼르르 경찰에게 달려갔다.

퍽!

그대로 정강이를 내질렀다.

"켁켁켁! 와이?"

경찰이 한 손으로 정강이를 잡은 채 펄쩍펄쩍 뛰었다.

"흥! 키 작다고 흉 봤잖아? 아빠가 아기 안고 가는 것 같다구!"

채나가 혀를 쑥 내 밀었다.

"오, 지저스! 귀신이다!"

경찰이 비명을 질렀다.

채나가 돌아서면서 케인을 째려봤다.

"씨이! 오빠가 너무 크니까 매번 이런 망신을 당하잖아?"

"미안하다, 키 커서……. 근데 혹시 네가 작은 건 아닐까?"

"죽을래?"

"하하! 미안미안!"

케인이 투덜대는 채나를 달래며 차에 올랐다.

고급 승용차 한 대가 하얗게 눈이 내리는 길을 달려갔다.

2장

21세기 최후의 신비인

뉴욕 에비뉴 32번가에 있는 이 한정식 레스토랑 〈보름달〉
은 뉴욕에 거주하는 한인들뿐만 아니라 외국인들에게도 꽤나
유명했다.

이 보름달이 유명해진 동기는 아주 상큼한 음식 맛이나 무
한리필되는 음식 서비스에도 있었지만 한식당으로서는 보기
드물게 라이브 카페를 겸하고 있었기 때문이다.

하루에 세 타임.

낮 12시부터 4시, 오후 4시부터 8시, 밤 8시부터 11시까지!

두 시간 동안 식사를 하고 두 시간은 음악이나 코미디 같은

쇼를 감상하는 독특한 컨셉이었다.

두 시간 동안 진행되는 라이브 무대에는 주로 한미 양국의 연예인들이 출연해 공연을 했는데 연말이나 명절 때는 톱 가수나 유명 연예인들이 대거 출연해 공연을 펼치기도 했다.

때로는 손님들에게 노래 같은 장기자랑을 시키기도 했고 저명인사가 식당을 찾으면 어김없이 무대 위로 불러내 노래를 부르게 했다.

〈보름달〉에서 노래를 불러보지 않은 사람은 뉴욕의 VIP가 아니라는 말이 회자될 정도로 보름달은 뉴욕의 명소였다.

당연히 보름달은 예약을 해야만 입장할 수 있었고 입이 딱 벌어질 만큼 음식값이 비쌌다.

―나도 세상에 나가…… 당당히 보여줄 거야…….

막 오후 타임 식사시간이 시작된 〈보름달〉에는 한국의 유명한 가수 임재범이 부른 '비상'이 흐르고 있었다.

채나와 케인이 무대에서 얼마 떨어지지 않은 1층의 한 식탁에 마주 앉아 식사를 했다. 이 식당에서 가장 비싼 자리였다.

눈처럼 흰 고양이 스노우도 채나 옆에 앉아 먹이가 담긴 쟁반을 열심히 핥고 있었다.

"쩝쩝! 확실히 이 집 음식 맛은 장난이 아냐? 아주 담백하고 감칠맛이 나. 이 집이 마음에 드는 세 번째 이유야!"

채나가 불고기를 먹으며 감탄사를 연발했다.

"세 번째 이유? 그럼 두 번째는 뭐야?"

케인이 젓가락으로 불고기를 집어 채나 앞에 놓아주며 물었다.

"헤헤! 양이 많은 거!"

채나가 특유의 맹한 웃음을 흘리며 대답했다.

"훗! 첫 번째는 말 안 해도 알겠다. 무한리필!"

"헤헤헤! 역시 울 오빠야. 척하면 착이란 말이야."

"실은 이 집 예약할 때 무한리필이라는 광고를 보고 했어. 넌 질보다 양을 따지니까."

"우씨! 요즘 음식점들은 하나같이 스노우도 배고플 만큼 주잖아? 음식이 예술이니 어쩌니 하면서 말이야. 짜증 나!"

"여긴 언제 와 봤어?"

케인이 미소를 지으면서 말을 돌렸다.

"응! 지난주 합숙 훈련 시작할 때 감독님하고 페이지 회장님하고 왔었어. 감독님도 오빠랑 똑같은 말을 하더라구. 무한리필 때문에 예약했다구!"

"후후후! 파파가 네 먹성을 잘 알잖아. 양이 적으면 난리를 치는 것도 잘 알구."

"씨이! 내가 많이 먹는 게 아니라고 했지? 음식점들이……."

"그래그래! 신경 쓰지 말고 빨리 먹어. 울보는 원래 저녁은 세 시간쯤 먹어야 양이 차잖아? 여긴 두 시간 뒤면 나가야 돼요."

"우헤헤헤!"

케인이 물수건으로 채나의 입술을 닦아주며 말하자 채나가 흐뭇하게 웃었다.

"근데 여기 얼마야? 비싸지? 오빠!"

열심히 먹던 채나가 갑자기 걱정되는 듯 식당을 돌아보며 말했다.

"그, 글쎄 비싼가? 잘 모르겠네."

케인이 당황하며 눈을 껌벅였다.

"어후……. 카드 줘! 내가 계산할게."

"으응! 알았어."

케인이 엉거주춤 채나에게 카드를 내밀었다.

미국인 상위 1%는 세상의 물가를 전혀 모른다는 믿지 못할 통계가 있다.

고기, 빵, 햄버거, 전철요금, 기름값 등등 아주 상식적인 것들 사람들이 날마다 사용하는 물품들의 가격을 전혀 모른다는 것이다.

왜? 한 번도 자기가 직접 사본 적이 없기 때문에!

오빠도 그런 부류 중 하나였다.

세계에서 알아주는 천재로서 아주 어릴 때 대학에 진학해서 공부만 했고 대학을 졸업한 후에는 병원과 연구실에서 연구만 했으니 뭘 알까?

해서 오빠랑 밥을 먹거나 물건을 사면 계산은 꼭 내가 했다. 물론, 돈은 오빠가 냈구!

"나… 한국에 갈래, 오빠!"

식사가 끝날 때 즈음 채나가 어두운 얼굴로 조심스럽게 입을 열었다.

"한국에?!"

케인이 움찔했다.

"지금도 가끔 아빠와 채린이가 꿈속에 나타나."

"……!"

"더 이상 지체하면 그들의 흔적을 영원히 놓칠 것 같아. 그럼 아빠와 채린이가 나를 원망할 것 같구."

"한국에 가면 실마리를 잡을 수 있을까?"

케인이 심각한 표정으로 말을 받았다.

"응! 큰아빠 행적을 살펴보면 뭔가 나올 것 같다는 예감이 들어."

"그럼 연예인이 되겠다는 건? 넌 어릴 때부터 연예인을 꿈꿔 왔잖아! 대학에서 연극영화까지 전공했구……."

"그것도 한국에 가서 도전해 볼 생각이야. 여기선 동양인이라고 싫어하니까."

"어머님은 뭐라서?"

케인이 고개를 끄떡이며 물었다.

"둘 중에 하나를 택하래. 모녀의 연을 끊고 가든지, 결혼을 하고 가든지."

"어머님은 그럴 수밖에 없지. 네가 얼마나 걱정되겠어?"

"쳇! 엄마는 자기 딸이 엄청 잘난 줄 알아? 결혼 조건도 무지 까다로워!"

"후후후! 어떤 조건인데?"

"하버드대학을 나온 180센티미터 이상의 한국인 남자하고 하래. 의대를 나온 닥터면 신랑 입장할 때 엄마가 업고 들어 가겠대. 이 정도면 나 보고 시집가지 말라는 거지 뭐……."

"내가 제법 무거운데 어머님이 괜찮으실까?"

케인이 미소를 띤 채 휴지로 채나의 입술을 닦아주며 말했다.

채나의 입술이 귀를 향해서 천천히 옮겨가기 시작했다.

"결혼… 해줄 거야, 오빠?"

"내가 할 소리를 울보가 하면 난 무슨 말을 해?"

"오빠……."

케인이 자주색 벨벳으로 감싼 보석함을 식탁 위에 올려놓 았다.

보석함이 열렸다.

적어도 몇 캐럿은 될 듯한 다이아몬드와 백금이 어우러진 목걸이와 팔찌, 귀걸이와 반지 등 패물 세트가 황홀한 빛을 뿜냈다.

"이, 이건?"

"응! 옛날에 너랑 할아버지와 함께 남아프리카로 여행을 갔다가 얻었던 그 다이아몬드 원석이야. 그걸 보석상에 맡겼더니 이렇게 예쁘게 만들어주더라구."

"오빠!"

"할아버지께서 내 신부에게 주라고 하셔서 오래전부터 가지고 다녔어. 작년 올림픽이 끝났을 때 주고 싶었는데 조금 늦었네!"

울먹울먹!

채나의 얼굴이 곧 눈물이 쏟아질 것처럼 변했다.

케인이 미소를 지으며 손짓을 했다.

"이리 와! 우리 울보……"

케인이 채나의 목에 큼직한 다이아몬드 목걸이를 걸어주고 팔찌와 귀걸이를 끼워줬다. 마지막으로 손가락에 반지를 끼워줬고!

그리고 두 사람이 깊은 키스를 했다.

"내 사랑하는 신부에게 주는 예물이야. 난 다음 생에 태어나도 울보와 함께 살 테니까!"

"씨이! 난 절대로 죽지 않고 영원히 오빠랑 같이 살 거야."

케인과 채나가 늘 하고 싶었던 맹세!

오늘 두 사람이 마음속 깊은 곳에서 우러나오는 예쁜 약속을 함께했다.

"한국에 다녀와! 돌아올 때까지 기다릴게. 같이 가줘야 하는데 형편이 그래서⋯⋯. 미안하다."

"아니아니, 내가 미안해! 오빠⋯⋯. 정말정말⋯⋯. 미안해! 오빠!"

채나의 음성에 조금씩 울음기가 섞였다.

"우아앙앙앙!"

끝내 채나가 도리질을 치며 울음을 터뜨렸다.

케인이 조용히 채나를 안았다.

"흑흑!"

채나가 흐느끼며 고양이처럼 케인의 품속으로 파고들었다.

오랫동안 두 사람은 그렇게 말없이 안고 있었다.

한순간, 굵직한 음성이 들렸다.

"잠시 실례하겠습니다. 두 분!"

한복을 멋지게 차려입은 중년의 동양인 사내가 공손하게 서 있었다.

"뭐, 뭐죠?"

채나가 눈물을 훔치며 짜증스럽게 말을 받았다.

"보름달의 에드워드 송입니다. 케인 박사님과 채나 킴 선수시죠?"

"우리를 아십니까?"

송 사장의 정중한 말투에 케인이 부드럽게 대답했다.

"어, 어이쿠! 혹시 했는데 진짜 두 분이셨군요? 이렇게 뵙게 되어 대단히 영광입니다! 두 분이 저희 레스토랑을 찾아주실 줄이야. 정말 감사합니다!"

송 사장이 짝사랑하던 여자라도 만난 것처럼 어쩔 줄 몰라 했다.

에드워드 송, 송현우는 미국에 이민 오기 전만 해도 한국에서 꽤 잘나가는 가수였다.

그 가수로서의 경험과 경력이 〈보름달〉이라는 유명한 레스토랑을 만드는데 주효했다.

특히, 오늘처럼 VIP들을 알아보는 안목은 송현우만이 가진 재주였다.

"쳇! 지난주에 왔을 땐 저를 모르시던데?"

채나가 뚱한 표정으로 송 사장을 쳐다봤다.

"허어— 모르다니요?"

송 사장이 펄쩍 뛰었다.

"제가 미국에서 사업을 하고 있지만 저 또한 한국인입니다. 어떻게 두 분을 모르겠습니까? 아마 한국인이라면 남북한을 막론하고 절대 두 분을 모르는 사람이 없을 겁니다. 케인 박사님은……."

"흥! 이럴 줄 알았어. 분명히 지난주에 왔을 때는 모르더라구! 오늘은 오빠 때문에 나를 알아본 거야!"

채나가 예리하게 추리를 하며 눈꼬리를 추켜올렸다.

"아하하! 그럴 리가 있나요? 저는 오래전부터 채나 킴 선수 팬이었습니다."

"됐거든요! 지금 삼십 센티쯤 튀어나온 입 안 보이세요?"

"하하핫!"

송 사장과 케인이 쓴웃음을 터뜨렸다.

사실 송 사장은 지난주에 페이지 회장과 함께 온 채나를 기억했다.

정확히 말하면 같이 왔던 페이지 회장을 알고 있었다.

페이지 회장은 심심찮게 TV나 신문에 등장하는 전국적인 유명인사여서 모르는 것이 더 이상했다.

그때도 송 사장은 페이지 회장을 무대로 불러내고 싶었지만 워낙 보수적인 인사로 알려졌기에 결례를 범할까 봐 감히 실행하지 못했다.

채나는 페이지 회장의 손님인 제인슨 장과 함께 온 알바생

통역 정도!

근데, 오늘 영화배우 뺨치게 생긴 케인과 함께 온 채나를 보고 채나의 확실한 신분이 머릿속에서 조합됐던 것이다.

지금 〈보름달〉의 송 사장 방에는 아주 잘생긴 노벨상 수상자 닥터 케인의 대형 브로마이드 사진이 걸려 있었다.

"진짜 노벨상이 세긴 센가 봐! 대체 올림픽에서 금메달을 몇 개나 따야 노벨상과 맞먹는 거야?"

채나가 툴툴거렸다.

"녀석! 걱정 마. 한국에서는 네가 훨씬 유명할 거다."

"헤헤헤! 정말?"

"그래! 임마."

케인이 채나를 달랬다.

그러나 케인의 말은 틀렸다.

대한민국에서도 상황은 마찬가지였다. 아니, 훨씬 나쁜 상황이었다.

채나의 얼굴을 기억하는 사람은 신문사나 방송사의 스포츠 기자 정도였다.

비록 채나가 재미교포였지만 한국이 아닌 미국 사격선수다. 한국의 어떤 사람이 얼마나 한가해서 축구나 야구도 아닌 사격선수, 그것도 다른 나라 사격선수의 얼굴을 기억할까?

하지만 케인은 달랐다.

비록 케인이 중국계 미국인 아버지에 의해 입양됐지만 한국인 입양아라는 사실과 할머니가 한국인이라는 사실만으로도 충분히 한국인이라고 우길 수 있었다.

몇 년 전부터 한국인들은 케인을 대한민국 국민으로 알고 있었다.

고향은 충남 서천의 작은 마을로 알려졌고!

옛날부터 한국인들은 공부를 많이 한 학자들을 우상시했고, 오늘날까지도 무조건 공부를 잘해야 출세를 하다는 인식이 팽배해 있다.

그런 한국인들에게 케인의 학력이나 경력은 열광하기에 최적의 조합이었다.

한국인 입양아로 미국에 건너가 뼈를 깎는 노력 끝에 동양인 최초로 노벨 화학상까지 거머쥔 천재 의화학자!

얼마나 멋진 휴먼스토리인가?

결정적으로, 케인의 아버지 제이슨 장이 한국 매스컴과의 인터뷰에서 밝힌 사실이 쐐기를 박았다.

케인에게 조국인 한국을 잊지 말라는 뜻에서 장한국이란 이름을 지어줬다고…….

이것보다 더 확실한 물증이 어디 있을까?

이때부터 케인은 한국 국민이 됐다. 명예시민이나 명예국민 따위가 아니었다.

거의 세종대왕과 버금갈 만큼 존경을 받는 국민박사 장한국!

그렇게 불리웠다.

장한국 박사, 닥터 케인은 한국 청소년들의 우상이요, 기성세대의 자존심인 자랑스러운 한국인이었다.

이때 송 사장이 무대 쪽을 돌아보며 투덜댔다.

'저 자식이 오늘따라 왜 저렇게 꾸물대는 거야? 넌 오늘 부로 모가지다!'

빵빠라라라빵!

느닷없이 무대 위에서 빵빠레가 울려 퍼졌다.

"피휴!"

송 사장이 안도의 한숨을 내쉬었다.

통통한 삼십대 사내가 마이크를 쥔 채 무대 위로 올라왔다.

식당을 꽉 메우고 있던 손님들이 무대에 올라온 사내를 주목했다.

"신사숙녀 여러분! 늘 〈보름달〉을 환하게 비춰주는 사회자! 로버트 신입니다. 아직 무대를 오픈할 시간이 안 됐지만 우리 레스토랑에 멋진 VIP 두 분께서 오셨기에 이렇게 인사드립니다."

로버트 신이 혀에 기름을 바른 듯 매끄러운 목소리로 오프닝 멘트를 했다.

"신사숙녀 여러분! 프레지던트 USA 미국 대통령보다 더 유명한 두 분이죠. 21세기 최고의 천재라는 케인 박사님과 지구 최고의 총잡이라는 채나 킴 양이십니다!"

로버트 신이 목소리를 맥시멈으로 올려 케인과 채나를 소개했다.

"우와아아아! 닥터 케인과 채나 킴이래?"

"맙소사! 진짜야!"

엄청난 환성과 탄성이 휘파람 소리와 함께 울려 퍼졌다.

송 사장이 손짓을 하며 두 사람을 무대로 불러내라는 신호를 보냈다.

"결례가 되지 않는다면 두 분을 잠깐 무대로 모셔도 될까요?

로버트 신이 환하게 미소를 지으며 채나를 쳐다봤다.

"어쩌지, 오빠?"

"나가지, 뭐!"

채나와 케인이 다정하게 손을 잡고 무대 쪽으로 걸어 나갔다.

짝짝짝!

우레와 같은 박수가 터져 나왔다.

로버트 신이 정중하게 두 사람과 악수를 교환하고 마이크 하나를 케인에게 건넸다.

"하아……. 나와주셔서 감사합니다! 정말 영광입니다. 존경하는 두 분을 이 자리에서 뵐 줄은 꿈에도 몰랐습니다. 반갑습니다!"

로버트 신이 호들갑을 떨며 길게 인사를 했다.

"네! 반갑습니다."

케인이 가볍게 인사를 받았다.

"어떻게 뉴욕에 오시게 됐는지?"

"이 친구가 합숙 훈련 중이라서 면회를 왔습니다. 아무래도 겨울이니까 고생이 심할 것 같아서요."

로버트 신의 질문에 케인이 찬찬하게 대답했다.

"아, 그러셨군요! 여러 매스컴에서 보도한 대로 두 분은 진짜 가까운 사이이신 것 같군요. 어떤 관계신지 여쭤봐도 될까요?"

'호오! 자식이 저럴 때는 아주 족집게야. 예리하게 질문을 한단 말이야?'

송 사장이 흐뭇한 표정으로 무대 위에서 케인과 채나를 인터뷰하는 로버트 신을 보며 고개를 주억거렸다.

"사실 오늘은 저희에게 특별한 날입니다. 제가 이 친구에게 결혼해 달라고 프러포즈를 했거든요. 십 분 전쯤 저 자리에서요!"

케인이 미소를 지으며 아주 솔직하게 대답했다.

"와아아아!"

로버트 신의 탄성을 신호로 엄청난 환호성이 다시 한 번 〈보름달〉을 울렸다.

"여러분 들으셨나요? 케인 박사님이 채나 킴 양에게 프로 포즈를 했답니다. 그것도 방금 전에!"

로버트 신이 곧바로 채나에게 마이크를 들이댔다.

"그래서 채나 양은 어떻게 대답하셨나요?"

"에헤헤헤! 영원히 죽지 않고 오빠랑 같이 살겠다고 했죠, 뭐!"

채나가 호탕하게 웃으며 씩씩하게 대답했다.

"뷰티풀! 멋지다!"

계속해서 탄성과 박수가 이어졌다.

"죽인다! 완전 대박이야! 저 유명한 슈퍼스타들이 우리 레 스토랑에서 결혼 맹세를 하다니? 내일 아침이면 전 미국의 매 스컴들이 달려들 거야! 우리 레스토랑은 뉴욕뿐만 아니라 미 국 전역으로 이름을 날리게 될 테고."

송 사장이 무대 위의 케인과 채나를 쳐다보며 주먹을 부르 르 떨었다.

"아차차! 내 캠코더? 이런 장면을 찍어 놓지 않으면 지옥 간다, 지옥 가!"

이어, 송 사장이 황급히 캠코더를 찾아 들고 케인과 채나를 촬영하기 시작했다.

"저기 악기를 좀 빌려도 될까요?"

케인이 무대 한편에 놓여 있는 기타를 쳐다보며 말했다.

"아! 물론입니다. 얼마든지 쓰셔도 됩니다."

로버트 신이 흔쾌히 승낙했다.

"후후후! 이 친구가 총도 잘 쏘지만 노래와 연주도 아주 잘합니다."

"헤헤! 쪼금 하죠!"

"그럼……. 두 분이 직접 연주를 하시면서 노래를 부르시려고……?"

로버트 신의 얼굴에 흐뭇한 웃음이 번졌다.

"예! 오늘은 저희들 인생에 있어서 다시 올 수 없는 날이니까 많은 분께 자랑하고 싶군요. 또 자축의 의미로 축가도 부르고 싶고요."

"아하하하! 좋습니다, 아주 좋습니다. 여러분! 분명히 들으셨죠? 케인 박사님과 채나 킴 양께서 결혼을 자축하는 무대를 펼쳐 보이시겠답니다. 그럼, 즉시 감상해 볼까요?"

로버트 신이 앰프의 볼륨을 최대한 높였다.

"미국이 낳은 세계적인 슈퍼스타 페어—! 케인 박사님과 채나 킴 양의 무대입니다!"

로버트 신이 이름처럼 신이 나서 외치자 더 이상 커질 수 없는 박수 소리와 함성이 터졌다.

케인이 셔츠 소매를 걷어 올렸다.

채나가 미소를 띤 채 케인을 바라보며 피아노 앞에 앉았다.

퉁퉁…….

케인이 기타를 튜닝하고 채나가 피아노를 조율했다.

"어라? 저 사람들 아마추어가 아냐. 프로 뮤지션 냄새가
나! 기타를 튜닝하고 피아노를 조율하는 게 보통 솜씨가 아닌
데?"

캠코더를 들고 촬영하던 송 사장이 의아한 표정으로 눈을
껌벅거렸다.

이때 기타를 든 케인이 채나를 보며 미소를 지었다.

"갈까?"

"OK!"

채나가 피아노 건반에 손을 얹은 채 고개를 끄덕였다.

창창창!

케인의 기타가 먼저 출발했다.

빵-빵-빵…….

곧바로 채나의 피아노가 뒤를 따랐다.

난 어릴 때부터 노래 부르는 것을 좋아했다.

아무리 힘들고 아무리 기분이 나빠도 노래만 부르면 깨끗

이 사라졌다.

내가 짱 할아버지께 노래와 음악을 배우기 시작한 것은 아빠가 돌아가신 그해……. 초등학교에 막 입학했을 무렵이었다.

그때, 엄마가 나를 짱 할아버지 부부에게 맡기고 여기 뉴욕대학 병원에 취업이 되어 가셨으니까!

짱 할아버지는 젊을 때 꿈이 노래 부르는 가수였다고 하셨다.

그래서 그런지 노래할 때 필요한 수많은 기술을 알고 계셨고 나에게 세세히 가르쳐 주셨다.

발성법부터 시작해서 음정, 박자를 맞추면서 리듬을 타는 방법 등등!

덕분에 난 음악을 좀 알고 노래를 약간 부른다.

특히 이렇게 오빠랑 얼굴을 마주보며 노래를 부르면 하늘을 나는 천사가 된다.

사랑하는 친구……. 너는 지금 어디에 있니.

케인이 노래를 부르기 시작했다.

너무 보고 싶어……. 나는 지금 도시의 어두운 골목길을 걸

어간다.

채나가 뒤를 따랐다.

전형적인 락 발라드 풍의 노래였다.

"그림 좋은데!'

송 사장이 캠코더로 노래를 너무 많이 들어서 지겹다는 듯 피아노 위에 앉아 하품을 하는 눈처럼 하얀 고양이, 스노우를 클로즈업시켰다.

케인이 두 마디쯤 노래를 했을까?

착!

아주 깨끗하면서도 웅장한 목소리가 송 사장의 귓속에 틀어 박혔다.

우당탕탕!

송 사장이 깜짝 놀라며 자신도 모르게 캠코더를 떨어뜨렸다.

'사장님?'

로버트 신이 송 사장을 쳐다봤다.

"세, 세상에? 무슨 목소리가 저렇게 웅장하고 맑지? 세계적인 성악가 파파로티가 울고 가겠어!'

송 사장이 황급히 캠코더를 주워 들고 다시 촬영을 시작했다.

…어두운 골목길을 걸어간다.

채나가 피아노를 치며 노래를 받았다.

칵!

이번에는 날카로우면서 예쁜 목소리가 송 사장의 귀를 관통했다.

"흭!"

송 사장이 마른 비명을 토했다.

"나, 나는 도저히 촬영하지 못하겠어!"

송 사장이 떨리는 손으로 황급히 로버트 신을 불렀다.

송 사장이 캠코더를 로버트 신에게 던져주고 무대 한편에 주저앉았다.

어릴 때 너와 같이 뛰어 놀던 그 바닷가…….

그 바닷가는 왜 그렇게 따뜻했는지!

그때는 참 좋았는데… 너무 좋았는데…….

케인과 채나가 기타와 피아노를 치며 계속해서 노래를 불렀다.

이번에는 아주 유창한 영어로 노래를 부르기 시작했다.

부르르르!

송 사장의 눈이 축구공만큼 커지며 흡사 감전이라도 된 듯 온몸을 떨었다.

＊　　　＊　　　＊

훅훅훅…….

여섯 살쯤 된 채나와 열 살쯤 된 케인이 자신들의 덩치만 한 배낭을 멘 채 가쁜 숨을 몰아쉬며 산을 올라갔다.

아주 작은 키에 배가 볼록 튀어나오고 대머리가 홀딱 벗어진 마치 옷 입혀 놓은 눈사람처럼 생긴 노인이 등에는 아코디언을 메고 한 손에는 기타를 든 채 뒤를 따랐다.

짱 할아버지였다.

산을 얼마나 올라갔을까?

훅훅! 채나는 아까부터 머리가 멍하고 숨이 끊어질 만큼 힘이 들었다.

"오! 다 왔구나, 우리의 베이스 캠프! 템플 산장!"

짱 할아버지가 저 멀리 보이는 통나무 산장을 쳐다보며 손을 흔들었다.

"자아! 그럼 짐을 풀기 전에 우리 아가 노래를 한번 들어볼까?"

짱 할아버지가 노래를 청하자 채나의 얼굴이 일그러졌다.

"훅훅! 여기서? 이씨……. 숨차 죽겠는데!"

짱 할아버지가 아코디언을 내렸다.

"헛헛! 좋다. 연주도 해주마. 케인이 기타를 치고 내가 아코디언을 켜면 뉴욕 필하모니가 따로 없다."

"헉헉……. 채나 숨차다니까 할아버지!"

"가수가 꿈인 녀석이 이 정도에 징징대? 생각해 봐라! 네가 훗날 유명한 가수가 되어 생방송에 출연했다고 치자. 그때도 힘들다고 쉬었다 하자고 할래? 당장 숨이 터져 죽어도 노래는 해야 한다. 그게 프로 뮤지션이야. 녀석아!"

짱 할아버지가 채나의 머리를 톡톡 쳤다.

"그래! 채나야. 할아버지께서 가르쳐 준 호흡법을 사용해 봐! 천천히 숨을 고르면서 시작하면 그리 어렵지 않을 거야."

케인이 주먹을 움켜쥐며 채나를 응원했다.

짱 할아버지가 케인의 머리를 쓰다듬었다.

"허헛! 역시 머리 좋은 녀석은 다르구나. 그렇단다. 아가야! 내가 가르쳐 준 호흡법은 다 익혔겠지?"

"응!"

"그럼 숨을 일주천시킨 뒤에 단전에서부터 숨을 끌어올려라. 천천히……."

채나가 털썩 주저앉았다.

빵·빵·빵! 짱짱짱!

케인과 짱 할아버지가 기타와 아코디언을 든 채 연주를 시작했다.

―저 들녘에 피어 있는……. 이름 모를 꽃들은……. 얼마나 많은 세월…….

채나가 가쁜 숨을 몰아쉬며 천천히 노래를 시작했다.

"아니지, 아니지! 또 생목으로 노래를 하잖아?"

짱 할아버지가 아코디언 연주를 멈추며 손을 저었다.

채나의 입이 튀어나왔다.

"넌 성대도 엄청나게 탄탄하고 목소리도 다시 찾기 힘든 미성이다. 하지만 그렇게 노래를 부르면 딱 세 곡 부르면 끝이야. 단전에서부터 소리를 끌어 올려 복근과 흉곽, 후두와 두개를 이용하고 최종적으로 코와 목, 그리고 입으로 소리를 뿜어내야 한다."

짱 할아버지가 찬찬히 설명했다.

"즉, 복성, 흉성, 두성, 후성, 비성, 진성에 가성까지 합쳐서 소리를 내야만 제대로 된 소리가 나온다. 특히 단전에서……."

*　　　*　　　*

평소 한식 전문 레스토랑 〈보름달〉은 새벽 1시가 되면 모든 불이 꺼지고 영업이 끝난다.

한데 오늘은 이상하게 새벽 4시가 넘었는데도 조명이 환하게 무대를 밝히고 있었고 노래 소리가 계속해서 흘러나왔다.

아까 케인과 채나가 불렀던 그 〈디어 마이 프렌드(Dear My Friend)〉였다.

더불어, 덩그렇게 놓여 있는 큼직한 모니터는 케인과 채나가 기타와 피아노를 연주하며 노래 부르는 모습을 반복해서 보여주고 있었다.

난 이 사람들의 노예가 됐다.

이 사람들이 노래를 시작하고 정확히 삼 초 뒤, 내 귓속으로 아주 웅장하면서도 맑은 소리가 번쩍 하고 틀어 박혔다.

그리고 오 초가량 지났을 때, 이번에는 날카로우면서도 예쁜 소리가 반대편 귓속을 뚫고 지나갔다.

꽉 막혔던 양쪽 귀를 너무도 시원하게 청소를 해줬다.

뒤이어 이 두 소리가 머릿속에서 합쳐지면서 내 뇌리를 텅비게 하고, 끝내는 가슴을 뻥 뚫고 지나가 온몸으로 퍼져 전신에서 전율이 일었다.

지금까지 살아오면서 한 번도 느끼지 못한 어떤 감정이 파도처럼 밀려와 내 뇌리에 각인시켰다.

이 노래를 영원히 기억하라!

그때부터 보고 또 보고 듣고 또 듣고 계속해서 보고 또 들었다.

새벽 4시가 지난 지금까지도 노래에 대한 욕구가 해소되질 않는다.

…….

송 사장이 넋을 잃은 채 모니터를 주시하고 있었다.

왕년에 송현우 하면 대한민국에서 십대가수로 꼽아주던 잘나가던 가수였다.

노래나 음악이라면 누구에게도 뒤지지 않을 만큼 연습도 공부도 했다.

하지만 이 사람들의 노래와 연주를 듣는 순간 자신이 초라해졌다.

진짜 쪽팔렸다. 지금까지 자신이 불렀던 노래는 노래가 아니었다.

어떻게 단어조차 되지 않는 철자 하나만 들어도 감동이 올까?

케인 박사의 입에서 '친구'에서 '치'만 나왔는데 벌써 멋진 친구가 떠올랐다.

게다가 채나 킴의 저 가공할 가창력은?

저 자그마한 몸에서 어떻게 저런 폭발적인 초고음이 뿜어져 나오지? 완전히 폭탄이 터져!

딸깍!

모니터가 멈췄다.

송 사장이 VTR에서 테이프를 꺼냈다.

"모두 몇 장이지?"

"꼭 서른두 장 카피했습니다. 한국어 버전 두 장과 영어 버전 서른 장입니다."

"좋아! 한국어로 부른 테이프는 놔둬. 내가 기념으로 영원히 보관할 테니까. 영어 버전 테이프는 오늘 오전 중으로 깨끗하게 패킹해서 각 방송사와 레코드사에 뿌려. 알았지?"

"예! 사장님. 근데 어떤 문제가 없을까요?"

로버트 신이 걱정스러운 표정으로 송 사장을 쳐다봤다.

"전혀 문제없어! 아니, 문제는 이 사람들이야. 이 사람들! 이렇게 노래를 잘하는 사람들이 노래를 부르지 않으면 그게 죄악이라고! 이 사람들은 무조건 방송에 나가 노래를 부르고 무대에 올라가 연주할 책임이 있어!"

송 사장이 입에 거품을 물며 열변을 토했다.

"맞습니다. 암요! 분명히 이분들은 대중들에게 노래를 들려 줘야 합니다. 이것이 신(神)의 목소리다, 라고 가르쳐 줘야 한다고요!"

로버트 신이 맞장구를 치며 테이프를 챙겨 들었다.

이처럼……. 아주 우연한 기회에 케인과 채나의 노래가 미국에 상륙했다.

그렇게 퍼지기 시작한 노래는 채나가 그동안 쐈던 수만 발의 총알보다 훨씬 빠르고 강력한 파괴력을 자랑했다.

흡사 전염병처럼 미국 구석구석으로 번지면서 엄청난 인기몰이가 시작됐고, 간단하게 빌보드 차트를 점령했다.

당사자들은 까맣게 몰랐지만!

*   *   *

빠아아앙! 덜컹덜컹…….

세련되게 치장을 한 기차가 기적을 울리며 광야를 달려갔다.

LA에서 시카고를 경유해 워싱턴 DC까지 가는 미 대륙 횡단 열차!

장장 사박 오일을 달려가는 기차였다.

미국 기차의 특징은 우리나라처럼 대중교통 개념이 아니라 호화 여객선을 타고 여행하는 크루즈 관광 같은 개념이었다.

당연히 그 티켓값이 엄청나게 비쌌다. 앉아서 가는 좌석 티켓이라고 해도 비행기 티켓보다 더 비싸고 침대칸 티켓은 웬 만한 사람은 이용하기 힘들만큼 비쌌다.

키가 자그마하고 동그란 눈에 귀엽게 생긴 동양인 중년 여성이 자신의 키만큼이나 큰 가방을 든 채 침대칸 앞에 서서 번호를 확인했다.

미국 볼티모어 존 홉킨스 대학 병원의 산부인과 과장 겸 교수로 근무하는 채나의 엄마, 이경희 교수였다.

드르륵!

이경희 교수가 노크도 없이 문을 열었다.

역시 예상했던 그 풍경이었다.

넓고 깨끗하게 잘 정돈된 침대칸은 이 층 침대가 놓여 있었다.

이 층에는 눈처럼 하얀 고양이 스노우가 빨래처럼 늘어진 채 코를 색색 골고, 일 층에는 케인과 채나가 입술을 빈틈없이 맞춘 채 꼭 끌어안고 정신없이 자고 있었다.

"츳츳!"

이경희 교수가 입맛을 다셨다.

저렇게 입을 꼭 맞추고 자면 숨이 막히지 않나?

게다가 후우……. 저 풍경은 또 뭐야!

이놈들이 망측하게 어딜 잡고 자는 거야? 한 놈은 여자의 가슴을 한 놈은 남자의 거기를! 아주 수십 년 동안 같이 산 부부야. 그것도 많이 야한 부부!

호호호! 성인 남녀가 저런 자세로 잠을 자면 엄청 야할 텐데 애들은 아냐?

꼭 아빠가 딸을 안고 자는 것 같은 느낌이네.

"응응⋯⋯."

채나가 몸을 뒤척이며 케인의 가슴을 더듬었다.

'아, 안 되겠다! 이러다가 라이브 포르노를 보겠네!'

"험험!"

이경희 교수가 마른기침을 했다.

"스노우야! 그만 일어나 밥 먹자."

스노우가 살포시 눈을 뜨며 이경희 교수의 품에 안겼다.

"아아홍! 엄마 왔어?"

그제야 채나가 눈을 비비며 몸을 일으켰다.

"녀석! 많이 피곤했던 모양이구나? 정신없이 자네."

이경희 교수가 의자를 끌어다 놓고 앉았다.

"어제 앨버트 산에 올라갔었어. 짱 할아버지가 무척 좋아했던 산이거든!"

앨버트 산은 로키산맥에서 가장 높은 봉우리로 무려 해발 4,400미터가 넘었다.

"오! 그랬구나. 한데 그 손 좀 치우고 얘기할 수 없을까? 채나야!"

이경희 교수가 케인의 고추를 잡고 있는 채나의 손을 쳐다봤다.

"괜찮아! 내 건데 뭐."

"그, 그거야 과히 틀린 얘기는 아니다만 이십여 년 동안 과부생활을 해온 엄마 앞에서 보일 매너는 아니잖니?"

"헤헤헤……. 미안! 엄마."

채나가 케인의 거기를 잡고 있던 손을 아쉬운 듯 천천히 치웠다.

"어, 어머님 오셨어요?"

케인이 화들짝 놀라며 몸을 일으켰다.

"응! 지금 막 도착했어. 근데 닥터 장?"

"예! 어머님."

"여기가 아무리 성에 개방적인 미국이고 자네들이 예비부부라고 해도 사람들 앞에서 너무 야하면 안 되는 거야!"

"샥!"

이경희 교수가 채나의 가슴에서 케인의 손을 떼어 냈다.

"지금처럼 채나 가슴을 쪼물락 대고 있으면 안 된다구!"

"죄송합니다. 버릇이 돼서……."

"버, 버릇이 되다니? 도대체 언제부터!"

이경희 교수가 당황했다.

"우헤헤헤! 언제는 언제야? 내 가슴이 빵빵해질 때부터니까 한 열세 살쯤?"

"욱! 이것들이? 죽을래!"

"헤헤헤! 엄마 배고프다. 우리 밥 먹으러 가자."

채나가 잽싸게 일어서며 이경희 교수의 팔짱을 꼈다.

"그, 그래!"

이경희 교수가 마지못해 몸을 일으켰다.

드넓은 초원 위에서 소 떼가 풀을 뜯었다.

빠아앙앙!

기차가 노을이 지는 초원 위를 가로질렀다.

이경희 교수와 채나, 케인이 차창 밖으로 목가적인 풍경이 스치는 기차 내의 식당에서 식사를 하고 있었다.

이경희 교수가 흐뭇한 표정으로 채나를 바라봤다.

'아휴! 내 속으로 난 딸이지만 너무 이뻐! 키만 좀 컸으면 미스 아메리카, 미스 월드… 는 어렵겠구나. 성질이 지랄 같아서.'

이경희 교수가 이번에는 케인을 쳐다봤다.

'어쩜! 이 녀석은 왜 이렇게 잘생겼지? 머리는 또 왜 그렇게 좋은 거야! 내가 십 년만 젊었어도 그냥… 은 안 되겠구나. 저 지랄쟁이 채나가 옆에 있어서.'

다시 이경희 교수가 스테이크를 먹고 있는 채나와 케인을 동시에 쳐다봤다.

'평생을 지켜 본 녀석들이지만 정말 잘 어울리는 한 쌍이야. 짱 할아버님이 독수리 오형제에 이어 지구를 지킬 한 쌍이라고 그렇게 자랑하시더니…… 짱 할아버님은 이 녀석들이 눈에 밟혀서 어떻게 돌아가셨을까? 휴우!'

"냠냠! 맛있다. 차내 식도 먹을 만하네."

채나가 스테이크를 씹으며 말했다.

"너무 빨리 먹지 마, 체해! 천천히……"

"응! 알았어."

케인이 채나를 안은 채 포크로 스테이크를 찍어 채나에게 먹여줬다.

이경희 교수가 조용히 커피 잔을 내려놓았다.

"변호사와 상의해서 짱 할아버님 신변에 대한 모든 것을 정리했다. 사망 신고도 마쳤고!"

"……"

이경희 교수의 입에서 사망신고라는 말이 나오자 채나와 케인의 얼굴이 붉어졌다.

그랬다!

채나가 한국에 가기 전에 케인과 결혼식을 올리려고 이경희 교수와 함께 뉴욕의 백화점 등지를 돌면서 준비를 시작한 다음 날, 채나와 케인을 오랫동안 보살펴 준 짱 할아버지가 돌아가셨던 것이다.

운명의 장난처럼!

채나와 케인은 결혼식 대신 장례식을 치르고 마지막으로 짱 할아버지가 생전에 그렇게 좋아했던 기차 여행.

미 대륙을 횡단하는 그 기차를 타고 짱 할아버지와 이별을 하고 있었다.

"제이슨 오라버니는 협회 일이 너무 바빠서 곧장 비행기편으로 뉴욕에 가셨다. 같이 있어주지 못해 미안하다고 하셨어. 특히 채나는 한국에 가기 전에 페이지 회장님께 전화 드리는 것 잊지 말라고 당부하시더라!"

"……."

제이슨 장은 미국 사격대표팀 총감독으로 짱 할아버지의 양자였고 케인의 양부였다.

"짱 할아버님 사망신고를 하면서 너희들 혼인신고도 같이 하고 싶었지만, 돌아가신 분에 대한 예의가 아닌 것 같아서 하지 않았다. 아쉽지만 너희가 정식으로 결혼식을 올리려면 닥터 장 집안의 가법에 따라 앞으로 삼 년을 기다려야 해. 푸우우!"

이경희 교수가 한숨을 몰아쉬었다.

"걱정 마, 엄마! 채나는 삼 년 아니라 삼십 년이라도 기다릴 수 있어."

"전 백 년을 기다려도 괜찮습니다."

턱!

채나와 케인이 장난스럽게 머리를 부닥쳤다.

"정말 다행이구나. 많이 걱정했는데……."

이경희 교수의 얼굴에 따뜻한 미소가 번지면서 눈물이 맺혔다.

"짱 할아버님도 참 야속하다. 너희들 결혼식이나 끝난 뒤에 돌아가셨으면 좀 좋아? 하필 이때 돌아가실 건 뭐냐?"

"흥! 남 잘되는 꼴을 못 보는 거야. 떼국 놈 기질이 있어서!"

"떼, 떼국 놈이라니? 넌 그런 말을 함부로?!"

이경희 교수가 화들짝 놀라며 케인을 쳐다봤다.

케인은 미국 사격대표팀 감독인 중국계 미국인 제인슨 장의 양자였고 짱 할아버지의 양손자였다. 당연히 중국계 미국인이었다.

"후후! 제 이름은 장.한.국입니다. 어머님!"

케인이 웃으면서 한국이란 이름을 강조했다.

"풋! 그러네. 여기 세 사람은 모두 한국인이었구나?"

"후후후! 헤헤헤!"

한국인 세 사람이 서로를 바라보며 웃었다.

"한데 짱 할아버님 신변을 정리하다가 놀라운 점을 발견했다."

이경희 교수가 말을 돌렸다.

"시청에 기재된 짱 할아버님 연세가 무려 134세였어! 백서른네 살! 엄마가 짱 할아버님을 처음 뵐 때부터 느꼈지만 확실히 보통 분이 아니셨어. 어떻게 사람이 백서른네 살을 살 수 있지? 어휴."

이경희 교수가 질렸다는 듯 한숨을 토했다.

"현역 의사인 엄마는 도무지 이해가 안 된다. 인간의 생물학적 나이가 얼만데? 닥터 장은 이해가 돼?"

이경희 교수가 고개를 설레설레 흔들며 케인에게 물었다.

"후후! 할아버지 나이가 많이 줄으셨네요."

"맞아! 짱 할아버지는 지난번에 우리한테 이갑자 반을 살아오셨다고 말씀하셨어."

"이, 이갑자 반이면 백오십 살?! 정말이냐?"

이경희 교수의 입에서 아까 삼켰던 스테이크 조각이 다시 튀어나왔다.

보통 일갑자는 육십 년을 말한다.

이갑자 반이라면 150년을 뜻했다.

선문의 97대 대종사였던 짱 할아버지는 150년을 넘게 살아왔던 것이다.

그는 지구상에 존재했던 단 한 명의 신비인이었다.

그가 말년에 키운 단 한 명의 신비인이 채나였다.

"선도(仙道)를 극성까지 익히면 삼갑자도 살 수 있다고 하시면서 늘 자랑하셨어. 씨이! 난 오빠하고 삼갑자 반쯤 살 거야! 이백 살쯤……. 그치?

"그럼!"

채나와 케인이 키스를 했다.

탁!

채나의 눈이 풀리려고 할 때 이경희 교수가 포크를 던졌다.

"그리고 너 보고 한국에 와서 가수 해볼 생각이 없냐고 꾀던 오십대 남자! 그 표기종이란 사람……."

"왜, 왜? 그 표 사장님 사기꾼이야?"

채나가 화들짝 놀랐다.

"아니! 엄마가 한국 친구들을 동원해서 조사한 결과 한국에서 톱 텐에 드는 연예기획사 사장님이 맞더라. 평판도 아주 좋고 능력도 대단한 분이셨어."

"헤헤! 그런 분이 나를 인정했으니 나도 노래는 좀 하는 거네?"

"NO! 우리 딸이 잘하는 게 어디 노래뿐일까? 먹고 울고 주먹질, 총질에 이제는 어리광까지!"

이경희 교수가 채나의 머리를 쥐어박았다.

"씨이이! 내가 무슨 어리광을 부렸다고 그래?"

채나가 머리를 매만지며 짜증을 냈다.

"닥터 장도 그러면 안 돼! 아무리 애를 예뻐해도 그렇지, 어떻게 안고 밥까지 먹여줘? 채나가 젖먹이나 스노운 줄 아나?"

이경희 교수가 채나와 케인을 교대로 쳐다보며 눈을 흘겼다.

"후! 울보가 너무 귀엽잖아요."

"진짜?"

쪽…….

두 사람이 다시 다정하게 키스를 했다.

'휴우! 저렇게 좋을까? 혼인신고라도 먼저 해줄 걸 그랬어. 그럼 정식 부부가 되는 거구……. 어금니가 빠지도록 키스를 해도 뭐라는 사람이 없을 텐데. 또 짱 할아버님이 원망스럽네!'

이경희 교수가 다시 한숨을 몰아쉬었다.

"……!"

찰나, 이경희 교수가 뭔가 생각난 듯 눈을 반짝였다.

"채나야! 너 지도 있지? 그 미국 지도 좀 꺼내 봐."

"응!"

채나가 테이블 위에 큼직한 미국 지도를 펼쳐 놓았다.

어릴 때부터 많은 여행을 해왔던 채나에게 지도는 필수품이었다.

쫘아아악!

이경희 교수가 볼펜으로 로키산맥이라고 인쇄된 부분의 십분의 일쯤을 둥글게 표시했다.

"이게 바로 짱 할아버님께서 채나 네게 남기신 땅이다. 로키산맥의 십분의 일이나 되는 엄청난 넓이야. 일 년 전에 네 이름으로 명의 변경을 하셨더라."

이경희 교수가 볼펜을 든 채 채나를 쳐다보며 말했다.

"대체 이 광대한 땅을 왜 사놓으셨을까? 또 그 많은 땅을 당신 아들이나 손자에게는 한 평도 남기지 않고 몽땅 채나에게 주시다니? 정말 이해하기 힘든 분이시다."

이경희 교수가 신기한 듯 볼펜으로 지도를 콕콕 찍으며 얘기했다.

"후후! 파파나 저는 로키산맥이 필요 없어요. 어머님!"

"그럼 채나는?"

"꼭 필요해요! 로키산맥은 미국의 상징이거든요."

"……?"

"훗날 제 말뜻을 이해하실 거예요. 할아버지 뜻도!"

케인의 말은 반은 맞고 반은 틀렸다.

세월이 아무리 흘러 로키산맥이 태백산맥으로 바뀐다 해도 이경희 교수는 절대 이해하지 못한다.

로키산맥의 그 광활한 땅들은 아주 오래전부터 선문의 대종사에게 내려오는 문중 땅이었다. 짱 할아버지는 선문의 96대 대종사에게서 물려받은 땅을 선문의 98대 대종사인 채나에게 그대로 물려준 것이다.

약간의 이자를 합쳐서!

짱 할아버지는 선대의 기가 흐르는 이 땅을 발판 삼아 채나가 미국을 지배하는 지도자가 되길 바랐다.

아주 먼 훗날 이야기.

"애개? 미국 땅을 전부 내 걸로 만들어 준다고 뻥치시더니 고작 산골짜기 땅 쪼끔 주신 거야?"

채나가 툴툴거렸다.

"후후! 그 약속은 아직 유효해. 할아버지의 손자인 내가 사 줄게!"

"정말?"

"그럼!"

"울 오빠 최고! 웅웅……."

다시 채나가 케인에게 매달려 깊은 키스를 했다.

"채, 채나야! 잠깐 내 브리핑을 조금만 더 듣고 그 중요한 일을 해라."

"아후, 짱나! 아직도 안 끝난 거야? 빨랑빨랑 좀 해. 시간 없어!"

"시간 없어? 어디 가냐?"

"그럼! 한국 가기 전에 오빠랑 한 번이라도 더 해야 된다구. 오빠 연구소 들어가면 하고 싶어도 못하는데."

"뭘?"

"노래!"

"좋아! 일단 넘어가자."

'피휴휴— 초조했다. 자식이 섹스! 이렇게 대답할 줄 알고!'

이경희 교수가 오십 년 동안 쉬었던 한숨 중에서 가장 긴 한숨을 쉬었다.

*　　*　　*

덜컹덜컹!

식사를 끝낸 이경희 교수가 채나와 케인을 데리고 식당 칸에서 일어나 승객들이 앉아 있는 좌석칸 통로를 걸어갔다.

"한국에 도착했을 때 네가 꼭 지켜야 될 사항이다!"

이경희 교수의 말투가 평소 의과대학에서 강의하던 말투로 바뀌었다.

"김포공항에 내리자마자 무조건 외삼촌께 전화 드리고 꼭 찾아뵈라! 남해에 가서 할아버님과 작은 아버님께 인사드리고. 최대한 빨리 아빠 엄마의 친구 분들을 찾아뵙고! 절대 미루지 마!"

"으씨! 엄마는 왜 귀찮게 노인네들을 찾아가라는 거야?"

"엄마 말대로 해! 그게 한국적인 정서고 윤리관이다. 아랫사람은 무조건 윗사람을 찾아뵙고 인사를 해야 돼. 이 약속을 지키지 못하겠다면 너는 한국에 가지 못한다."

채나가 반항하자 이경희 교수가 정색하고 또박또박 말을 끊었다.

"알았어. 시간이 되면 찾아뵐게!"

"시간이 없어도 꼭!"

"네에……."

채나가 입이 튀어나온 채 마지못해서 대답했다.

뿌우우웅…….

기차가 야트막 한 언덕을 힘차게 올라갔다.

채나 일행이 객차와 객차가 연결되는 통로로 접어들었다.

순간 채나와 케인이 마주 봤다.

"좋아! 나 먼저 간다. 일주일 뒤에 뵙겠습니다, 어머님! 쓰리 투 원 고우!"

케인이 달리는 기차에서 바람처럼 뛰어내렸다.

"헉!"

이경희 교수가 비명을 토하며 자신도 모르게 뒷걸음질쳤다.

채나가 미소를 띠며 이경희 교수를 향해 양손으로 하트를 만들었다.

"사랑해, 엄마! 준비됐지? 스노우!"

"크우웅!"

채나의 어깨에 앉아 있던 스노우가 힘차게 대답했다.

"엄마! 전화할게, 시카고에서 만나. 쓰리, 투, 원, 고우!"

채나가 케인을 쫓아 주저없이 기차에서 뛰어내렸다.

뒤이어 스노우가 한 송이 눈처럼 쫓아갔다.

"······!"

이경희 교수가 새파랗게 질린 채 달리는 기차 문 앞에 멍하니 서 있었다.

"엄마!"

"어머님!"

그때, 채나와 케인이 이경희 교수를 부르며 달리는 기차를 따라 뛰었다.

"푸후! 저 녀석들은 아직도 짱 할아버님을 보내지 못했어? 아직도······."

이경희 교수가 한숨을 쉬며 달려오는 채나와 케인을 물끄러미 쳐다봤다.

"어쨌든 보기 좋구나. 어릴 때부터 그렇게 붙어 다니더니 어른이 돼서도 변함이 없어. 한 녀석이 달리는 기차에서 뛰어내리면 한 녀석이 지체없이 따라갈 만큼!"

이경희 교수의 눈에 물기 어렸다.

"그래! 결혼식이나 혼인신고가 뭐가 그렇게 중요하겠니? 죽음조차 같이하는 너희인데……."

이경희 교수의 눈에 번졌던 물기가 미소로 바뀌었다.

"사랑한다. 애들아—!'

이경희 교수가 양손으로 하트를 만든 채 기차를 따라 뛰는 채나와 케인을 쳐다보며 크게 외쳤다.

—다음 곡은 케인과 채나가 들려줍니다. 〈디어 마이 프랜드〉!

바로 이때였다.

기차 천정에서 DJ의 멘트가 흘러나왔다.

아주 성능이 좋은 스피커였다.

"……!"

이경희 교수의 눈이 커졌다.

사랑하는 친구……. 너는 지금 어디에 있니? 너무 보고 싶어.

케인이 스노우를 안은 채 채나의 손을 잡고 초원을 걸어간다.

나는 지금 어두운 도시의 골목길을 걸어간다.

케인이 채나를 목 위에 태운 채 뛰어간다.

어릴 때 너와 같이 뛰어놀던 그 바닷가……. 왜 그렇게 따뜻했는지.

노을 속을 달려가는 기차 안에서 케인과 채나가 부른 〈디어 마이 프랜드〉가 감미롭게 흘러나왔다.

케인과 채나는 이 노래를 뉴욕의 〈보름달〉에서 불렀고 이 기차는 LA에서 워싱톤 DC로 가고 있었다.

〈디어 마이 프랜드〉의 인기는 이 기차와 함께 미국 대륙을 횡단하고 있었다.

빠아아앙앙앙!

3장

무기상인

우리나라의 김포국제공항은 여러 나라 조종사에게 악명이 높았다.

착륙하려면 꽤나 오랜 시간을 하늘 위에 떠서 기다려야만 했기 때문이다.

물류의 유동량에 비해 공항이 터무니없이 비좁고 시설이 많이 낙후된 것이 원인이었다. 하지만 그것도 이젠 안녕이었다.

다음 달 초면 한일 월드컵을 겨냥해 지어진 아시아 최대의 공항인 인천국제공항이 문을 열었다.

가뜩이나 미어터지는 이 김포공항의 한 모퉁이에 작은 사무실 하나가 자리 잡고 있었다.

주의해서 보지 않으면 좀처럼 눈에 띄지 않는 그런 사무실이었다.

사무실이라고 말하기도 좀 그랬다.

그 어떤 간판이나 표식도 없이 철제 방화문 두 쪽만 덜렁 붙어 있었기 때문이다.

특이하게도 이 사무실은 완전무장을 한 경찰특공대원 두 명이 이십사 시간 경비를 했다. 그건 일 년 삼백육십오 일 항상 변함이 없었다.

한데, 오늘은 무려 열 명의 경찰특공대원이 아예 사무실 문이 보이지 않을 만큼 에워싸고 있었다. 평소에는 좀처럼 보기 힘든 흉흉한 분위기였다.

이 생뚱맞은 사무실은 테러범 용의자를 일차로 심문하는 대터러민관군 합동 검문소였다.

지금 검문소 안에서는 뜬금없이 세계 각국의 총기 및 도검류 전시회가 열리고 있었다.

이스라엘제 UG기관단총 네 정, 러시아제 AK47소총 다섯 정, 미국제 M16소총이 A1, A2, A3에 올해 막 출시된 A4까지 시리즈별로 각 두 정씩 여덟 정이 놓여 있었고, M60중기관총에 미국제 콜트38구경 권총부터 45구경 권총, 리벌버4구경 권총 등 십여 자루의 권총과 그 이름조차 알 수 없는 특수총까지!

거기에 다섯 자루의 군용 대검과 금빛용이 양각된 검, 도, 창 등 십여 자루의 도검류 등 약 백여 정의 총과 이십여 정의 도검류가 검색대 위에 쫘악 놓여 있었다.

......

심각한 침묵이 검문소 내를 감쌌다.

허름한 군복을 걸친 두 명의 군인이 큼직한 나무박스에서 끝없이 총기를 꺼냈다.

고동색 베레모에 검은 전투복 차림의 윤필 경위가 총기들을 세세히 살펴보며 열심히 메모를 했다.

물 빠진 군복 차림인 국군기무사 소속의 대테러 담당 수사관인 박태호 준위와 청재킷을 걸친 수도방위사령부 헌병단 소속의 수사관인 진만범 원사가 어이없는 표정으로 채나를 쳐다봤다.

"혹시 무기상인이요, 아가씨?"

박태호 준위가 채나에게 다가가며 질문을 했다.

사무실 한구석에서 USAS라는 글씨가 새겨진 야구모자와 뉴욕 양키즈 점퍼, 몸에 딱 달라붙는 가죽 바지, 군화처럼 생긴 앵클부츠를 신은 채나가 다리를 꼬고 앉아 헤드폰을 낀 채 노래를 흥얼댔다.

"호오……. 태평세월이시네?"

박태호 준위가 채나의 헤드폰을 벗겼다.

"아가씨가 무기상인이냐고 물었습니다."

"아후! 몇 번을 말해? 난 사격선수라니까! 거기 여권하고 신분증 다 있잖아?"

채나가 기분 나쁘다는 듯 의자에서 발딱 일어서며 대꾸했다.

"홋! 아까부터 대놓고 반말이시네. 재미교포 아가씨라니까 넘어가자구. 우리말이 서툴 테니!"

박태호 준위가 서슴없이 반말을 쏘는 채나를 보며 쓴웃음을 머금었다.

채나는 UCLA에서 연극영화를 공부하면서 복수전공으로 한국어학을 공부했다.

수백 가지 욕을 자연스럽게 뱉을 수 있을 만큼 한국말에 능숙한 채나는 기분이 아주 좋을 때나 아주 나쁠 때는 자신도 모르게 반말이 튀어나왔다.

지금 채나의 기분은 최악이었다. 황당하고 창피했다.

사실 채나는 성인이 된 후 처음으로 모국에 돌아온다는 설레는 마음을 안고 기내에서 나름 인터뷰 준비를 열심히 했다.

김포공항에 도착했을 때 기자들의 질문에 당황하지 않고 한국어로 대답하려고 메모까지 하면서 충분히 연습을 했다.

그것은 당연했다.

비록 비인기 종목이지만 세계대회와 올림픽에서 수십 개의 금메달을 따고 앞으로 몇 개의 메달을 딸지 아무도 모른다는 지구 최고의 총잡이로 불리는 슈퍼스타였기 때문이다.

미국에서는 늘 그런 대접을 받았기에 채나는 스타로서의 행동이 몸에 익숙했던 것이다.

한데, 슈퍼스타 대접은커녕 테러리스트 취급을 받으며 벌써 두 시간 동안이나 검문소에 붙잡혀 있었으니…….

"미국 국가대표 사격선수 채나 킴. 미국 정부에서 발행한 총기취급 탑클래스 허가증과 패스포드, 신분증상으로는 전혀 이상이 없다는 것은 인정합니다."

박태호 준위가 채나의 패스포드를 찬찬히 살펴보며 말을 뱉었다.

"하지만 채나 씨! 아무리 사격선수라 해도 일개 중대를 무장시킬 수 있는 자동화기들을 수송한다는 게 이상하지 않습니까? 거기다 이 AK47소총은 우리나라 적성 국가들의 주력 화기라는 것 알고 계시죠?"

진만범 원사가 AK소총을 든 채 채나를 쏘아봤다.

"푸후! 미치겠네. 그 총은 모두 팬들이 보내준 기념품이라고 말했잖아? 그래서 버릴 수도 없고 해서 한국으로 갖고 들어온 거라고 몇 번을 얘기해야 하는 거야?"

채나가 허리에 양손을 올린 채 눈을 치켜떴다.

"맞습니다. 이건 기념품 같군요. 이 황금 권총은!"

"어이구! 상아 손잡이에 다이아몬드가 박혀 있고 총신은 황금이야!"

"총열 뒤편에 메추리알만 한 사파이어를 박아 모양을 냈어!"

박태호 준위와 진만범 원사가 황금 권총을 살펴보면서 비웃듯 감탄사를 날렸다.

"쌍! 쪼금 편하려고 민항기를 타고 왔다가 이 꼴이네. 엄마 말대로 군수송기에 빈대 붙어서 왔으면 편했을 텐데."

채나가 열이 받는 듯 모자를 벗어 부채질하며 옥타브를 올렸다.

박태호 준위의 눈에 살기가 스쳤다.

"아가씨가 군인이오? 웬 군 수송기요?"

"우리 귀가 잘못됐나? 방금 전까지 사격선수라고 하시지 않았나?"

진만범 원사가 비릿한 미소를 흘리며 천천히 허리의 권총을 잡아갔다.

삭!

찰나, 채나가 바람처럼 다가가 진만범 원사의 손을 낚아챘다.

"총에서 손 떼! 아님 죽어!"

탕!

채나의 눈 속에서 진만범 원사를 향해 총알이 쏘아져 나갔다.

아니, 진만범 원사는 그렇게 느꼈다.

"으헉!"

진만범 원사가 자신도 모르게 마른 비명을 토하며 바닥에 주저앉았다. 정말 눈 깜빡할 사이에 벌어진 일이었다.

채나가 아무 일 없다는 듯 두 손을 홰홰 저었다.

"아저씨들하고 얘기가 안 돼! 근데, 아저씨들 군인이야?"

채나가 박태호 준위에게 퉁명스럽게 물었다.

"이런 결례를 범했군요. 이제까지 제 신분도 밝히지 않았다니. 저는 국군기무사 특수 수사팀의 박태호 준위입니다."

박태호 준위가 무엇인가 홀린 듯 지금까지의 태도와는 정반대로 정중하게 자신의 신분을 밝혔다.

국군 기무사령부는 대한민국 국군의 보안을 책임진 곳으로 국군 보안사령부의 후신이었다.

"그럼 혹시 이진관 장군님 알아? 이.진.관 장군님 말이야?"

채나는 박태호 준위가 못 알아들을 것 같은지 또박또박 끊어서 말했다.

"윽!"

진만범 원사에 이어 박태호 준위의 입에서도 마른 비명이 튀어나왔다.

이진관 장군! 대한민국 육군 중장 현 국군 기무사령관이었다.

'이, 이 건 또 무슨 일이냐? 이 아가씨가 왜 우리 사령관님을 거론해?'

박태호 준위의 눈이 야구공만큼 커진 채 채나를 쳐다봤다.

동시에 검문소에 있는 모든 수사관이 채나의 입을 주목했다.

"좀 키가 작고 수염이 엄청 많으시거든. 그 뭐야 주먹코에 눈이 아랍인처럼 부리부리하시구! 그분과 통화하면 내 신분을 보증해 주실 거야."

채나가 박태호 준위에게 열심히 이진관 장군의 용모에 대해 설명했다.

"……"

아무 대답이 없자 채나의 인상이 구겨졌다.

"그, 그분을 모른다면… 맞다! 남 장군님 알아? 남열회 장군님! 몇 년 전에 뵈었을 때 수방사 부사령관님이라고 하셨어."

"……!"

이번에는 진만범 원사와 허름한 군복을 걸친 채 총기를 정돈하던 군인들의 입이 딱 벌어졌다.

이들은 수도방위사령부 33헌병단 소속 대테러 수사관들이었다.

남열회 장군은 현재 중장으로 진급하여 수방사령관으로 복무하고 있었는데 성질이 불같아서 여차하면 조인트를 까는 장군으로 유명했다.

수도방위사령부는 명칭 그대로 서울 일대를 경비하는 대한민국 육군의 최정에 부대였다.

사무실에 있는 수사관들이 좀처럼 반응이 없자 채나가 머리를 감쌌다.

"으……. 그분도 모른다면 특전사 박병대 장군님도 모르겠네? 특전사 제1공수단장님이라고 하셨는데! 박 장군님 몰라?"

"푸우우우!"

이때, 박태호 준위와 진만범 원사 등이 뭔가 일이 이상하게 돌아가는 것을 느꼈는지 각자 다른 곳을 쳐다보며 한숨을 길게 내쉬었다.

박병대 장군은 현재 육군 중장으로 특전사 사령관으로 복무 중이었다.

"이분들 중 어떤 분과 통화해도 내 신분을 확실히 보증해 주실 거야. 근데, 정말 다 모르는 분들이야? 그, 그럼 혹시 한

미 연합사의 존 밴트리트 장군님은 알아? 이런 미쳐! 그분은 미군인데 더욱 모르겠지?"

채나가 점점 짜증이 나는 듯 얼굴을 붉히며 목소리를 높였다.

"아후! 이제 아는 분들도 없는데……. 어쩌지?"

채나가 인상을 쓰며 연신 구시렁댔다.

딸꾹 딸꾹!

돌연 박태호 준위가 딸꾹질을 해댔다.

'이제 한미 연합사 사령관님까지 등장했어? 다음은 국방부 장관님이나 대통령님이 나올 차례야!'

채나 킴, 미국 사격대표팀 선수!

여러 번 들어본 기억이 있다. 금메달을 하도 많이 따서 금메달 공장으로 불린다는 세계적인 사격선수!

윤필 경위는 아까 채나의 신분을 확인했을 때부터 영 찜찜했다.

좀 황당하긴 하지만 이 아가씨가 거짓말을 하는 것 같지는 않았다.

워낙 유명한 사격 선수이다 보니 세계 각지의 팬들이 총들을 선물로 보내줬고 그 선물들을 한국으로 가지고 온 것뿐!

생각해 봐라.

어떤 멍청한 테러리스트가 백여 정의 총기와 도검류를 비행기로 당당히 들여오겠는가?

이 아가씨는 분명히 우리나라가 총기에 대한 규제가 얼마나 까다로운지 모르고 가지고 온 것이 틀림없다.

LA 공항에서야 VIP중에 VIP니 프리패스였을 테고!

아무튼 난 오늘 일진이 괜찮다.

민간인 용의자는 내 담당이지만 일단 오늘처럼 이렇게 총기가 발견된 그것도 백여 정이나 되는 다량의 총기가 쏟아진 사건은 당연히 군(軍)으로 이첩된다.

즉, 이 사건은 박태호 준위와 진만범 원사가 처리해야 한다. 이들은 군 수사관이었으니까! 다행히도 내 책임이 아니었다.

뭐 그동안 경험에 비춰보면 이런 사건은 대부분 해프닝으로 끝난다.

뒤끝이 좀 안 좋아서 탈이지!

"자, 잠깐 채나 씨! 먼저 제가 한 가지만 묻겠습니다. 말씀하신 장군님들과 채나 씨는 어떤 관계시죠?"

박태호 준위가 불길한 예감을 감지하고 자신도 모르게 흐르는 식은땀을 훔치며 채나에게 황급히 물었다.

"우리 외삼촌이야! 우리 엄마의 오빠. 이진관 장군님이……"

채나가 기다렸다는 듯 대답했다.

빠직!

박태호 준위의 얼굴이 깨졌다.

'씨발! 꼭 일이 이렇게 된다니까?'

'니미! 개작살 났다!'

윤필 경위와 진만범 원사 등의 입속에서 마구 욕지거리가 날아다녔다.

대한민국 국군기무사령관 이진관 장군님이 외삼촌이란다!

이 아가씨는 우리가 외삼촌의 뜻을 모를까 봐 엄마의 오빠라고 친절하게 부연설명까지 해줬다. 정말일까?

박태호 준위는 채나 말을 믿고 싶지 않았다.

하지만 오랜 수사관 경력은 자꾸 믿으라고 충고를 했다. 이쯤에서 이 아가씨 기분이 상하지 않게 적당히 사건을 마무리하라고…….

"남 장군님과 박 장군님은 미국 중부군사령부에 연수 오셨을 때 내가 특수전 사격과 무술 조교로 알바 중이었는데…….그때 친해졌고! 삼촌은 한 달 동안이나 우리 집에 계셨었는데 엄마랑 병원도 가고 그랬어요. 얼굴이 아랍인 같으셔서 알리 삼촌이라고 별명까지 지어드렸는데! 삼촌한테 당장 확인해 봐요. 나를 무척 좋아하시거든요. 헤헤!"

채나가 기분이 약간 풀리는지 존대를 하면서 특유의 웃음까지 흘리며 주절주절 설명을 해댔다.

"쩝쩝!"

윤필 경위가 쓰디쓴 입맛을 다셨다.

사건을 처리할 때 제일 귀찮은 것이 이렇게 고위층과의 친분을 남발하는 용의자다. 정말 가까운 관계일 수도 있고 뻥일수도 있다.

백에 아흔아홉은 뻥이다.

한데, 지금 이 아가씨는 아흔아홉 쪽이 아니라 나머지 하나쪽이 분명하다.

십여 년 동안 공항에 근무하면서 많은 용의자를 수사해 왔지만 이렇게 구체적으로 기무사령관에 수방사령관, 특전사령관들의 이름과 인연을 거론하는 용의자는 단 한 명도 본적이 없다. 거기에 주한미군사령관까지!

대부분 목에 힘을 주고 거시기 국회의원과 모모 경찰서장과 어쩌구 하는 정도였다.

그런데 이 아가씨는 이웃집 아저씨 소개하듯 군의 장군님들을 줄줄이 읊었다. 결론은 그분들과 아주 가깝다는 것!

물론, 걱정은 없다.

나나 박태호준위, 진만범 원사가 잘못한 것은 전혀 없으니까.

어떤 사람이 불법으로 총기를 수송했고 우리는 교범에 나온그대로 연행을 해 모든 소지품을 뒤져 증거물들을 확보했다.

잠시 후에 보면 알겠지만 이 사건은 이렇게 마무리될 것이다.

황금 권총 등 기념품으로 보이는 총 몇 정과 도검류를 빼고 군 당국에 자진해서 맡기는 형식을 취해 압류한다.

몇 장의 증빙 서류를 써주고…….

아가씨는 테러리스트가 아닌 한국 실정을 모르는 미국 사격대표선수로서 입국해 자신의 일을 할 것이고! 이게 결론이다.

문제는, 이렇게 사건이 끝나면 이 아가씨가 윗분들께 우리를 예쁘게 말하냐다. 이때부터 뒤끝은 시작된다.

수사관들이 막말을 하면서 겁을 줬느니 하루 종일 가둬놨느니 하면서 투덜댈 것이다. 덕분에 우리는 위선에 찍히고. 찍히면?

제복을 벗을 때까지 암울한 생활이 계속된다.

삐잉!

이때 인터폰이 울렸다.

진만범 원사의 부사수인 배종호 중사가 황급히 인터폰을 받았다.

"옛! 충성! 중사 배종홉니다. 예옛! 알겠습니다. 참모장님……. 충성!

진만범 원사 등이 일제히 배종호 중사를 쳐다봤다.

배종호 중사의 얼굴이 누렇게 떴다.

"진 원사님! 참모장님이신데 말입니다. 사령관님께서 이진 관 장군님과 함께 곧 이곳에 도착하신답니다. 그리고 절대 채 나 킴 선수에게 결례되는 행동을 하지 말라는 명령이십니 다."

……

순식간에 합동 검문소가 북극만큼이나 추워졌다.

채나는 적도만큼이나 따뜻해졌고!

"정말 알리 삼촌이 오신대? 여기로?"

"예예! 채나 씨."

게임 오버.

그리고 가장 우려했던 일이 터졌다.

"에휴……. 살았다! 내 신분을 보증해 주실 구세주께서 오 시네."

채나가 안심이 되는 듯 목소리가 부드럽게 변했다.

"아후! 짜증나."

갑자기 채나가 박태호 준위를 째렸다.

"대체 얼마나 더 잡혀 있어야 되는 거야?"

박태호 준위는 대답하지 못했다.

공포의 뒤끝이 시작됐기 때문이다.

*　　　*　　　*

이진관 국군기무사령관은 아까부터 기분이 좋지 않았다.

국방부에서 열린 전군 주요지휘관 회의에 참석한 뒤 육사 동기이자 친구인 수방사령관 남열회 중장과 함께 오랜만에 식사를 하러 식당으로 향했다.

늘 그렇듯 오늘도 기무사령관인 이진관 장군은 다른 장군들과 달리 군복이 아닌 짙은 군청색 양복 차림이었다.

조그마한 사치도 죄악으로 여기는 이진관 장군은 자신의 승용차를 돌려보내고 남열회 장군의 차에 동승했다.

그때, 남열회 장군의 휴대폰으로 직보가 들어왔다. 김포공항에서 백여 정의 총기와 도검류를 반입하려던 테러리스트 용의자를 체포했다고!

남열회 장군에게 그 사건의 내막을 듣자 한 치 건너 두 치라도 영 불쾌했다.

이 멍청한 자식들은 대체 뭐하는 거야? 분명히 우리 부대에서도 몇 팀이 김포공항에 상주하고 있을 텐데…….

십 분 후에 그 용의자 신분이 미국의 유명한 사격선수인 채나 킴이란 말을 들었을 때 얼마나 기가 막힌지 한참 동안이나 웃었다.

김채나! 그 엉뚱한 녀석이라면 충분히 그럴 수 있다. 미사

일이라도 들고 왔을 거야.

조카가 왔다는 소식에 기분이 많이 풀렸지만 그래도 조금은 언짢았다.

김포공항에서 일개 중대를 무장시킬 만한 총기가 밀반입되고 테러리스트 용의자가 체포됐다면 최소한 수방사령관과 같은 시간에 보고는 받아야 했다.

명색이 대한민국 국군의 보안총책인 기무사령관이 아닌가?

더욱이 그 용의자가 채나였다면 틀림없이 내 이름을 밝혔을 텐데, 이 자식들이 묵살하고 보고조차 안 해?!

양쪽 어깨에 여섯 개의 별이 달린 초록색 장군복을 걸친 채 옆자리에 앉아 있던 남열회 장군이 이진관 장군의 눈치를 살폈다.

"이 장군! 기분 풀어. 곧 당신 부하들한테서도 보고가 들어올 거야. 잘 알잖아? 김포공항에 우리 병력이 얼마나 나가 있는지……. 연대가 넘어, 이 사람아! 현 상황에서는 어떤 부대도 우리 수방사만큼 김포공항을 면밀하게 체크하지 못한다고. 그건 기무사도 마찬가지야!"

"그거야 잘 알지만 부하 놈들 하는 꼴이 영……."

남열회 장군이 찬찬히 설명하자 이진관 장군의 기분이 완전히 풀렸다.

확실히 틀린 말은 아니었다.

김포국제공항은 수방사의 중요한 섹터 중 하나였다.

따르릉!

이진관 장군의 품속에서 휴대폰이 울렸다.

이진관 장군이 묵직하게 휴대폰 번호를 확인했다.

"그래? 알았어! 바꿔봐!

"채나야?"

남열회 장군이 미소를 띠며 물어오자 이진관 장군이 고개를 끄떡였다.

"오! 채나야. 그래! 오느라고 고생했어. 걱정할 것 없어. 삼촌이 지금 그곳으로 가고 있잖아! 뭐, 권총을 빼 들었다고? 진짜야? 알았어! 일단 기다리고 있어."

툭! 이진관 장군이 휴대폰을 끊었다.

"무슨 소리야? 권총을 빼 들다니……. 어떤 놈이 채나한테 권총을 들이댔대?"

남열회 장군이 어이없다는 표정으로 이진관 장군을 쳐다봤다.

"놈 성격이 원래 그렇잖아? 반말 찍찍대며 툴툴댔겠지! 그러니까 수사관들이 공갈치려고 총을 빼 드는 척했을 테고."

이진관 장군이 냉기를 풀풀 날리며 대답했다.

"이 자식들이 지금 고작 꼬마 하나 잡아놓고 뭐하자는 거야? 똥폼 잡는 거야?"

남열회 장군의 눈에서 불통이 튀었다.

"야! 황 실장! 너희 부대 병력 중에 진 원사라는 놈 있나?"

이진관 장군이 조수석에 타고 있던 수방사령관 비서실장인 황희석 대령에게 싸늘한 음성을 날렸다.

"······!"

황희석 대령이 당황했다.

"죄, 죄송합니다, 장군님! 공항에 나가 있는 병력들을 워낙 많아서······. 선뜻 기억이 나지 않습니다."

"당장 K1불럭 체크해봐. 33단에 있는 친구 같은데?"

"옛! 사령관님!"

남열회 장군이 으르렁대자 황 대령이 황급히 대답했다.

황희석 대령은 진만범 원사를 잘 알고 있었다.

군수사관 생활만 이십 년이 넘은 베테랑 중에 베테랑이었다.

물론 남열회 장군도 진만범 원사를 잘 알았다. 자신이 직접 임명한 수사관이었다. 하지만 이런 상황에서 즉답을 하면 어떤 일이 벌어질지 아무도 몰랐다.

진 원사의 신원을 물어온 사람이 국군기무사령관이었기 때문이었다.

한 박자 쉬고!

운전을 하던 조귀현 준위도 한 박자 쉬고 싶었다.

방금, 이진관 장군의 입에서 진 원사의 이름이 튀어나올 때 심장이 같이 튀어나오려 했다.

진만범 원사는 조귀현 준위의 친구였다.

오늘 휴가간 하 준위 대신 1호차 핸들을 잡고 있었지만, 조귀현 준위도 사실은 대터러 수사관이었다. 진만범 원사와 함께 부사관 교육대도 같이 졸업했고 헌병 교육, 수사관 교육 등을 같이 받은 베테랑이었다.

'대체 이놈이 일을 어떻게 처리했기에 기무사령관님 입에서 이름이 튀어나오지?'

핸들을 잡고 있던 조귀현 준위의 손이 가늘게 떨렸다.

"알았어……. 확실한 거지? 충성!"

황희석 대령이 나직하게 구호를 외치며 휴대폰을 끊었다.

"진만범 원사는 현재 사령관님 말씀대로 K1불럭에 수사관으로 근무하고 있음이 밝혀졌습니다. 한데 진만범 원사 말은 권총을 빼 든 게 아니라 자신도 모르게 권총에 손이 갔답니다. 장군님!"

"……."

"군 수송기 얘기를 듣는 순간 간첩이라는 확신이 들었답니다."

황희석 대령이 절도있게 상황을 설명했다.

"군 소송기?? 이건 또 무슨 귀신 씨나락 까먹는 소리야?"

남열회 장군이 눈을 껌뻑거렸다.

"거, 왜 채나 놈이 미군 애들하고 친하잖아? 한국에 간다니까 몇몇 장성이 말했겠지. 오산 공군기지로 가는 수송기를 타고 가라고!"

이번에는 이진관 장군이 친절하게 브리핑을 했다.

"오산 공군기지라면 미 태평양 공군의 중추라는 51전투비행단?"

"그래! 51전투비행단이 서울에서 가깝고 편하잖아."

"허참! 미군 애들은 가끔 이상해. 아니, 민간인이 군 수송기를 마음대로 탈 수 있나?"

"아냐! 미군들은 채나를 민간인이라고 생각하지 않아. 군인, 그것도 VIP 특수 부대원 취급을 한다고!"

이진관 장군이 채나 애기가 나오자 기다렸다는 듯 목청을 높였다.

"남 장군도 중부군사령부에 갔을 때 경험했잖아? 우리가 이라크 전에서 맹활약했다는 MC—130H 특수전기를 타보고 싶어서 그렇게 사정해도 코끝 하나 까닥하지 않던 자식들이 채나가 부탁하니까 사령관이 직접 와서 헬기를 몰며 브리핑해 주는 거!"

"맞아. 그랬어! 진짜 열 받겠다, 김채나! 그 까칠한 성격에 미국에서는 왕 대우를 받았는데 한국에서는 테러리스트 취급이나 당하고……."

이진관 장군이 채나의 미국 내에서 위상을 설명해 주자 남열회 장군이 쓴웃음을 지었다.

"당신이나 내 이름을 대도 별 볼일 없고!"

"껄껄껄!"

남열회 장군과 이진관 장군이 마주보며 허탈한 웃음을 토했다.

황희석 대령이 조금씩 분위기 좋아지자 슬쩍 입을 열었다.

"어떻게 할까요? 이 장군님! 일단 진 원사를 무장해제시켰습니다만."

"아아! 넘어가자고! 모두 채나 놈 잘못이잖아?"

이진관 장군이 짜증스럽게 말을 끊었다.

"미친놈! 여기가 미국인 줄 알아? 왜 총기를 가지고 오고 난리야. 내 이름은 또 왜 대? 국군기무사령관이 무슨 대단한 끗발이라도 있는 줄 알았나!"

털썩!

이진관 장군이 투덜대며 승용차 등받이에 몸을 기댔다.

황희석 대령이 당황하며 남열회 장군을 쳐다봤다. 남열회 장군이 외면하며 고개를 돌렸다.

'두 분 다 열 받았어! 당신들 이름까지 댔는데도 부하들이 묵살했으니 그렇겠지. 어린 조카한테 망신스럽기도 하고! 하지만 일이 이렇게 끝나면 안 돼. 결국 몇 사람 죽어!'

황희석 대령이 곤혹스러운 표정을 지었다.

뒤끝이 장례식장까지 치달리고 있었다.

그때 이진관 장군이 나직이 한숨을 쉬었다.

"거참, 이상하게 채나 놈 얘기만 나오면 예민해져! 불쌍해서 그런가?'

이진관 장군이 처연하게 입을 열자 남열회 장군의 눈꼬리가 올라갔다.

평소 이진관 장군은 절대 이런 식의 말을 뱉는 사람이 아니었다. 죽으면 죽었지!

"친구가 죽었을 때는 나 혼자 가슴에 묻고 잊어버리면 해결됐어. 근데 동생 신랑이 죽으니까 그게 안 되더라구……."

"그래도 하늘나라에 있는 김 변호사는 좋을 거야. 자기 딸이 훌륭하게 성장했으니까! 채나야 뭐 세계적인 슈퍼스타 아닌가?'

이어지는 이진관 장군의 묵직한 말에 남열회 장군이 따뜻하게 위로를 했다.

남열회 장군도 채나 아빠를 잘 알고 있었다.

"슈퍼스타는 무슨 얼어 죽을 슈퍼스타야? 이 사람아! 공항에서 오도 가도 못하는 슈퍼스타 봤나?'

"하하! 이 사람 단단히 삐졌구만."

"솔직히 좀 그래. 남 장군! 삼촌이 별을 몇 개씩 달고 있으면 뭐하나? 조카 놈이 테러리스트 취급을 당해도 힘 한 번 못쓰는데?"

"어이 어이 이 장군! 그게 어디 당신이 힘이 없어서……."

따르릉!

또 이진관 장군의 휴대폰이 울렸다.

"우씨! 뭐해! 배고파 죽겠는데 빨리 안 오고?"

채나가 한 손에는 커피 잔, 한 손에는 휴대폰을 든 채 소리를 질렀다.

채나 앞에 부동자세로 서 있던 박태호 준위가 입맛을 다셨다.

'분명히 우리 사령관님께 소리 지르는 거 맞지? 오늘에서야 알았어. 국군기무사령관보다 높은 사람이 대통령이나 국방장관이 아니었어. 이런 고위층이시니 당연히 우리한테는 반말이지 뭐!'

채나는 지금 기분이 아주 좋았다.

약 십 분 사이에 김포공항에 있는 민관군 합동 검문소의 분위기는 채나의 기분만큼이나 바뀌어 있었다.

총기가 잔뜩 놓여 있던 탁자 위에는 총기들 대신 채나의 발과 커피 잔이 올려져 있었고 방금 전까지 권총을 잡아가던 진만범 원사의 오른손은 권총 대신 커피 잔을 잡았다.

현재, 김포공항의 대터러 민관군 합동 검문소장은 채나였다.

"에퉤퉤……."

채나가 커피를 마시자마자 진절머리를 쳤다.

"진 원사님! 대체 이 커피 누구 먹으라고 가져온 거야?"

"그게 채나 양……. 자판기 커피라서 어쩔 수 없습니다."

채나가 짜증을 내자 진만범 원사가 미안한 듯 두 손을 비볐다.

"아후, 짱나! 이 층 가면 커피전문점 있잖아? 거기 가서 사오란 말이야."

"아, 예예! 알겠습니다."

진만범 원사가 튀어나갔다.

"쯧쯧!"

채나가 진만범 원사의 뒷모습을 보면서 혀를 찼다.

"왜 준위로 진급 못했는지 알겠어. 저렇게 머리가 나빠서야 원."

휘청!

사무실을 나가던 진만범 원사의 몸이 비틀거렸다.

"큭큭큭!"

배종호 중사 등이 터져 나오는 웃음을 억지로 참았다.

"외상 빵이라니? 무슨 소리야? 남 장군!"

이진관 장군이 휴대폰을 든 채 남열회 장군을 쳐다봤다.

"하하하! 누구 조칸데 어련하시겠어?"

남열회 장군이 웃으면서 운전하는 조준위를 불렀다.

"야! 조준위. 어디 빵집 앞에 차 좀 세워 봐!"

"옛! 사령관님."

조준위가 절도있게 대답했다.

"뭔데? 왜 갑자기 채나 녀석이 자네한테 빵 타령이야?"

"벌써 언제야? 내가 처음 별 달고 미국으로 연수 갔을 땐가? 녀석하고 LA 할리우드 구경 갔을 때 공기소총 시합을 해서 졌거든. 그때 빵사 내기를 했는데 가진 돈이 없어서 몇 개 못 사줬어. 자식이 그걸 말하는 거야. 하여튼 자넬 닮아 뒤끝이 엄청 긴 놈이야!"

남열회 장군이 외상 빵에 대해서 브리핑했다.

"아니, 이 사람이 왜 나한테 총질이야?"

이진관 장군이 웃음을 참으며 반발했다.

"어이구— 사령관님도! 사격 세계챔피언하고 무슨 총 쏘기 시합을 해요?"

승용차 안의 분위기가 급반전되자 황희석 대령이 잽싸게

끼어들었다.

"그땐 녀석의 정체를 몰랐어! 옆에 있던 오 장군하고 박 장군 놈은 그저 피식피식 웃고. 나야 생도시절부터 사격은 자신 있었으니까 땅콩만 한 계집애야 우스웠지! 타짜한테 걸린 줄도 모르고 말이야."

"껄껄껄!"

이진관 장군이 호탕한 웃음을 날렸다.

따르릉!

다시 이진관 장군의 휴대폰이 울렸다.

"빨리 빵 사오라구? 알았다니까 임마. 다 왔어!"

끼익! 승용차가 고급 빵집 앞에 섰다.

"이 집 빵이 유명합니다. 장군님!"

"알았어. 차로 하나 사다 주자고!"

남열회 장군이 지갑을 꺼냈다.

"됐네! 내가 사다 주지."

이진관 장군이 재빨리 몸을 일으켰다.

이진관 장군이 차에서 내리면 한마디 했다.

"하여튼 대한민국 국군기무사령관 끗발 없어요. 조카 년 빵 심부름이나 해야 되고!"

"하하하핫!"

남열회 장군과 황 대령 등이 뒤집어졌다.

"이것으로써 진 원사는 살았군요. 사령관님!"

남열회 장군이 씨익 웃었다.

"⋯⋯?"

빵을 잔뜩 싣고 김포국제공항 대합실에 위치한 대테러 민관군 합동 검문소에 도착한 이진관 장군과 남열회 장군은 정말 어이가 없었다.

수방사 소속 군인들과 경찰특공대 요원, 기무사 사복 요원 등이 사무실 앞에 길게 늘어서 있었고, 채나는 AK소총 등에 〈시드니올림픽 사격 6관광 채나 킴〉이라고 써서 군인들과 경찰들에게 총을 한 정씩 나눠 주고 있었다.

"충성!"

줄서 있던 군인들과 경찰요원들이 일제히 경례를 했다.

이진관 장군이 경례를 받으면서 열심히 총에 사인을 하고 있는 채나에게 다가갔다.

"지금 뭐하는 거냐? 채나야!"

"한국에선 일반인들은 총기를 소지할 수 없다며? 그래서 이 아저씨들에게 내 총들을 한 정씩 나눠주는 거야. 사인해서! 헤헤!"

"⋯라고 하는데 말 되는 거냐? 황 실장!"

"크게 문제될 건 없습니다. 장군님! 총기라고 해도 채나 양

개인 소장품이고 그걸 일반인도 아닌 수사관들과 정보요원들에게 기념으로 나눠준 것뿐입니다. 뭐, 보관만 잘하면 괜찮습니다. 정 안 되면 제가 회수하겠습니다."

"글쎄? 야구선수는 야구공을, 축구선수는 축구공을, 사격선수는 총을? 거참! 말이 되는 것 같기도 하고 안 되는 것 같기도 하고……."

이진관 장군과 황희석 대령이 이 기묘한 상황을 분석할 때 남열회 장군이 채나 앞으로 다가갔다.

"험! 나도 총에 사인해 주는 거냐?"

"헤……. 안녕! 빵 사왔어, 남 장군님?"

"자식! 내년까지는 먹을 거다."

"헤헤헤! 마음에 드는 총을 골라봐. 사인해 줄게!"

"이 녀석!"

남열회 장군이 채나 옆에 있던 황금 권총을 덥썩 잡았다.

"한국 군인들 문제 있어. 어떻게 부사관이든, 장교든, 장군이든 다 황금 권총을 고르지? 짰나?"

채나가 짜증스러운 표정으로 남열회 장군을 올려다봤다.

"그, 그럼 다른 친구들도?"

남열회 장군이 민망한 얼굴로 채나를 쳐다봤다.

"응! 저 박태호 준위는 총을 고르라니까 아예 황금 권총이든 박스를 들고 튀더라구! 진 원사가 쫓아가서 간신히 잡았어. 어찌나 빠른지……."

"우하하하하!"

채나가 코믹한 표정으로 박태호 준위를 흉보자 남열회 장
군등 실내에 있던 모든 사람들이 뒤집어졌다.

"어휴! 채, 채나 씨! 장군님 앞에서까지 그렇게 말씀하시면
제가 이상해지잖아요? 몇 번 말씀드렸지만 저는 그저 조용한
데 가서 고르려고……."

"그래서 그토록 번개처럼 황금 권총을 품속에 담은 거야?
일 초도 안 된 그 짧은 시간에? 완전 서부의 사나이 장고 뺨치
던데!"

박태호 준위가 변명하자 채나가 단칼에 잘랐다.

"크크크크큭!"

다시 한 번 검문소가 뒤집혔다.

"워, 워낙 그 황금 권총이 멋있잖아요? 그래서……."

"됐네! 이 사람아, 이건 우리 삼촌 거야. 헤헤!"

채나가 황금 권총을 든 채 이진관 장군을 보며 귀엽게 웃었
다.

"녀석!"

이진관 장군의 입이 귀에 걸렸다.

동시에, 남열회 장군과 박태호 준위 등 검문소에 있던 모든
수사관의 얼굴이 와장창 깨졌다.

황금 권총은 최하 삼 억짜리였다.

지구 최고의 총잡이 김채나의 대한민국 입국은 이렇게 요란했다.

이진관 장군이 허름한 군복을 걸친 군인들의 경호를 받으며 김포 국제공항 대합실을 걸어 나왔다.

우물우물!

채나가 빵을 먹으며 눈처럼 하얀 고양이 스노우를 안은 채 이진관 장군을 따라왔고 바로 뒤에서 박태호 준위와 진만범 원사가 큼직한 여행용 가방을 끌고 쫓아왔다.

"지금이라도 삼촌 집으로 가는 게 어떻겠니? 채나야!"

이진관 장군이 불안한 표정으로 채나를 쳐다보며 말했다.

"신경 쓰지 말라고 했잖아? 삼촌! 이미 한국에 있는 대행업자하고 얘기가 끝났어. 돈두 다 부쳐줬고."

"오냐! 더 이상 얘기하지 않으마. 대신 힘들면 언제든지 삼촌 집으로 들어오너라."

"응! 알았어. 근데 이 사람들이 왜 안 보이지? 기다리다 지쳐서 갔나?"

채나가 주위를 두리번거렸다.

"삼촌! 휴대폰 좀 줘봐."

"이 전화를 쓰시지요. 채나 씨!"

턱!

채나가 이진관 장군에게 손을 내밀 때 예쁜 휴대폰 하나가 채나 손 위에 놓였다.

"011에 321, 나머지 번호 네 개를 입력하시면 즉시 개통됩니다."

깔끔한 하늘색 양복차림의 사십대 사내가 미소를 띤 채 삼십대 사내 두 명과 함께 서 있었다.

"오세영 사장님?"

채나가 반색했다.

"하하하! 전화로는 여러 번 만났죠? 채나 씨! 우리 대한민국에 오신 것을 진심으로 환영합니다. (주)SIS 서울 인터내셔날 서비스 대표 오세영입니다. 반갑습니다!"

오세영 사장이 직원들과 함께 정중하게 인사를 했다.

"반가워요. 고생 많으셨죠?"

"하하! 천만에요."

"말씀 중에 죄송합니다만 명함 한 장 얻을 수 있을까요?"

갑자기 박태호 준위가 끼어들었다.

"물론입니다. 여기!"

"……."

박태호 준위가 명함을 받으며 빠르게 오세영 사장을 훑어 봤다.

"흑!"

오세영 사장이 마른 비명을 삼켰다.

'무, 무슨 눈빛이 내 뱃속까지 훑어보는 것 같냐? 이 사람들 경찰 아니면 보안요원들이야!'

"조심해 가십시오. 채나 양!"

"다음에 뵙겠습니다."

곧 박태호 준위와 진만범 원사가 채나에게 인사를 했다.

"헤헤! 오늘 재미있었어!"

채나가 귀엽게 손을 흔들었다.

"내일 오후에 사무실에서 뵙겠습니다. 오 사장님!"

박태호 준위가 사이한 미소를 흘리며 오세영 사장에게 말했다.

"그, 그렇게 하시죠!"

오세영 사장이 얼떨결에 대답했다.

툭툭! 이진관 장군이 채나의 어깨를 가볍게 쳤다.

"전화 꼭 하고!"

"응! 삼촌."

저벅저벅!

이진관 장군이 묵직하게 몸을 돌렸다.

박태호 준위와 진만범 원사 등이 이진관 장군을 경호하며 다시 공항 대합실을 향해 걸어갔다.

'저 절도있는 걸음걸이……. 사복 군인이다. 그것도 고위층! 내일 사무실에 오겠다는 것은 내가 이 아가씨에게 사기를 쳤을까 봐 그런 거고.'

오세영 사장은 잘못한 것도 없이 등골에 식은땀이 주르르 흘렀다.

"사장님! 채나 씨가 많이 피곤하신 것 같은데 일단 차에 타고 말씀하시죠."

남자직원 한 명이 조용히 말을 건넸다.

"어이구, 내 정신 봐? 어서 차로 가시죠. 채나 씨! 고국에 오신 것을 환영하는 뜻에서 제가 밥 한 끼 대접하겠습니다."

오세영 사장이 정신을 수습했다.

"고마워요, 오 사장님!"

채나가 미소를 지으며 대답했다.

뒤이어 남자 직원들이 재빨리 채나 가방을 승합차에 실었다.

"……!"

문득 저만큼 걸어가던 진만범 원사가 채나를 돌아봤다.

'분명히 아까 저 아가씨 눈 속에서 총알이 튀어나왔다. 사격에 고수가 되면 눈 속에서 총알이 쏘아지나? 살벌한 친구야!'

진만범 원사가 삼십 분 전쯤 합동 검문소 내에서 벌어졌던 상황이 상기되는지 고개를 설레설레 저었다.

　채나와 오세영 사장 등이 탄 승합차가 빠르게 김포공항을 빠져나갔다.

　한순간 오세영 사장이 시계를 봤다.

　"김 부장! 시간이 제법 있는 것 같으니까 채나 씨한테 서류들을 브리핑해 드리고 결재 받아."

　"예, 사장님!"

　오세영 사장이 고개를 돌리며 채나와 같이 승합차 뒤 좌석에 앉아

　있던 호리호리한 사내, 김 부장에게 지시를 했다.

　(주)SIS는 전형적인 틈새시장을 공략한 기업이었다.

　우리나라 실정에 어두운 주한 외교사절들이나 외국계 회사원들을 상대로 비행기 표부터 빌딩까지 무엇이든 구매를 대행해 주고 수수료를 챙기는 회사였다.

　특히 (주)SIS는 외국에서도 소문난 동종 업계 최강자였다.

　"죄송합니다. 채나 씨! 장시간 비행기를 타셔서 힘드실 텐데……."

　"괜찮아요. 저도 궁금한 걸요?"

　채나가 예쁘게 대답하자 김 부장이 두툼한 서류 봉투를 꺼냈다.

　"그럼 먼저 종로6가, 정확히 서울특별시 동대문구 창신동

198번지에 있는 〈채나빌〉에 관해서 설명드리겠습니다.

"아니야 김 부장! 통장도 같이 보여드려야 채나 씨가 이해하기 쉽지?"

"아, 예예! 죄송합니다. 잠깐 이 통장을 보시면서 설명을 들으시지요."

"......"

김 부장이 채나에게 예금통장 하나를 건네줬다.

"이 〈채나빌〉은 대지 198평에 연건평 600평으로 전형적인 철근 콘크리트 구조로 건축된 5층짜리 건물입니다. 토지대장에 보시면 196평으로 되어 있는데, 그건 등기소에서 잘못 기재한 것으로서 이미 정정 신청을 냈습니다."

"......?"

채나가 의아한 표정으로 김 부장을 쳐다봤다.

"통장에 보시면 아시겠지만 지난번에 결제해 주신 200만 달러에서 건축업자에게 지불한 잔금과 등록세 취득세, 민방위세, 교육세 등 모든 세금을 완납하고, 42만 5천 달러가 남았습니다. 당연히 영수증이 첨부돼 있고 잔액은 현금으로 입금이 돼 있습니다."

"하하! 그리고 희소식이라면 희소식인데요. 지난주에 3층에 치과가 들어옴으로서 예상대로 〈채나빌〉의 상가들은 모조리 계약됐습니다. 뭐 워낙 목이 좋아서 걱정하지는 않았지만, 그래도 1층부터 3층까지 모두 나가니까 속이 시원합니다."

"축하해요. 채나 씨! 벌써 채나빌을 20억쯤 더 주겠다고 팔라는 업자가 나왔답니다. 허이구……."

"이, 이십 억이요?"

김 부장과 오세영 사장이 교대로 〈채나빌〉을 설명을 하면서 20억이란 말이 나오자 채나의 눈에 없던 쌍꺼풀이 큼직하게 생겼다.

"하하하! 저희가 자신있게 말씀드려잖습니까? 그 동대문 땅을 사서서 건물을 지으면 투자 가치가 확실하다고!"

"부동산이라는 게 뻔하거든요! 돈 놓고 돈 먹기예요."

"도대체 얼마짜리 건물이기에 이십 억을 더 준다고 하죠?"

"흠……. 그 영수증을 한번 보시지요. 대지 구매 비용하고 건축비용을 합치면 됩니다. 네! 총 357만 5천 달러가 들어갔군요. 오늘 US달러가 1,200원쯤 됐으니까 360만 달러 잡고 43억쯤 잡으시면 되겠네요."

"친구 분들한테는 50억 줬다고 하셔도 무방합니다. 하하!"

"오, 오십 억짜리 빌딩이요?! 저는 분명히 오피스텔을 말씀드렸는데 그래서 3만 달러를 보내드렸고?"

"어이, 김 부장! 그 통장도 보여드려."

"예! 사장님."

김 부장이 다시 통장 하나를 더 꺼내 채나에게 건넸다.

오세영 사장이 설명을 계속했다.

"그 통장을 보시면 아시겠지만 채나 씨께서 송금하신 3만 달러는 그대로 입금돼 있습니다. 동대문 건물만 해도 4층부터 5층까지 사용하시는데 굳이 오피스텔이 필요 없으실 것 같았습니다."

"케인 박사님도 신경 쓰지 말라고 하시더군요!"

김 부장이 케인 박사라는 말을 강조했다.

"케, 케인 박사?! 오, 오빠가 건물을 지었어요? 오빠가요??"

채나의 눈이 더 이상 커질 수 없을 만큼 커졌다.

"……?"

오세영 사장과 김 부장이 의아한 얼굴로 채나를 쳐다봤다.

"무슨 말씀이십니까? 채나 씨! 박사님께서 작년에 한국에 세 번씩이나 오셨어요. 땅을 매입할 때는 직접 결제까지 해주셨고요."

"처음에 600만 달러쯤 되는 건물을 원하셨는데 동대문 쪽에는 아무리 뒤져도 마땅한 물건이 없어서……. 솔직히 지금도 아쉽습니다. 600만 달러짜리 건물을 구매해 드렸어야 저희도 한몫 챙기는 건데. 하하하!"

오세영 사장과 김 부장의 이어지는 설명에 채나는 도무지 정신을 차릴 수 없었다.

"6, 600만 달러요?!"

채나가 이제 너무 놀라서 말을 더듬었다.

"뭐 파주 별장하고 모두 합치면 600만 달러는 됩니……."

찰나, 김 부장이 움찔하며 입을 닫았다.

툭툭!

채나의 눈에서 주먹만 한 눈물이 떨어지기 시작했기 때문이었다.

오빠는 내가 내 자신보다 더 사랑하는 오빠는 이런 사람입니다.

이미 내가 한국에 들어갈 것을 알고 그 바쁜 와중에도 한국을 왕래하면서 내가 편하게 지낼 수 있도록 모든 준비를 끝내 놨습니다.

그리고 내게는 아무 말도 하지 않았습니다.

마치 처음부터 내가 준비한 것처럼!

어떻게 이런 사람을 사랑하지 않을 수 있을까요? 어떻게…….

"흑흑흑! 저기… 차 좀… 세워주세요."

채나가 소리 내어 울기 시작했다.

"정 대리! 차 세워 빨리!"

오세영 사장이 당혹해하며 황급히 외쳤다.

＊　　　＊　　　＊

쪽!

채나가 사랑스러운 눈으로 케인을 쳐다보며 키스를 했다.

"헤헤헤! 내가 그렇게 이뻥? 오빠!"

채나가 코맹맹이 소리를 냈다.

"그럼! 우리 울보가 얼마나 이쁜데……. 매력도 있고."

케인이 채나의 입술에 키스를 하며 대답했다.

채나의 눈에 눈물이 고였다.

"씨이! 또 눈물이 나오려고 하네?"

"녀석! 이리 와."

케인이 채나를 힘껏 안았다.

"으응…….."

채나가 케인의 품속으로 파고들었다.

"이거 가지고 가!"

"무슨 카드야?"

케인이 황금빛 카드 한 장을 내밀자 채나가 눈을 깜빡였다.

"우리 울보, 한국에 가서 쓸 용돈!"

"괜찮아, 오빠. 나 돈 많아. 어릴 때부터 지금까지 모은 돈
이 꽤 돼!"

"얼마나 되는데?"

"헤헤헤! 100만 달러 쫌 넘어! 굉장하지? 그치?"

"화아아— 100만 달러라고? 우리 울보 진짜 대단하다. 언제 그렇게 많은 돈을 모았어?"

케인이 감탄사를 토했다.

"헤헤! 올림픽 끝나고 여기저기서 후원금을 주더라고. 작은 광고도 몇 개 찍었고!"

"그래도 가지고 가! 난 울보가 한국에 가서 돈 때문에 고생하는 거 보고 싶지 않아. 그리고 김 변호사님 일…… 돈이 많이 들어갈 거야."

"맞아! 그래서 감독님 통해서 한국 사격팀에 취업도 부탁했어. 코치 겸 선수로 써주겠다는 연락도 받았고."

케인이 미소를 띤 채 채나의 머리를 쓰다듬었다.

"비번은 울보 생일과 내 생일 여덟 자리야. 알았지?"

"고마워! 오빠."

"후후! 오빠 울보가 생각하는 것보다 훨씬 부자야. 너도 알잖아? 칠팔 년 전부터 신약(新藥) 쪽 연구한 거."

"진짜? 오빠 부자야?"

"그럼! 노벨 화학상을 탈 만큼 성과도 있었어. 세계적인 특허도 백여 개 돼. 앞으로 돈 걱정은 마. 내가 다 책임질게!"

케인이 엄지를 치켜세우며 늠름하게 말했다.

"우헤헤헤헤헤! 울 오빠 최고다. 진짜 짱이야!"

쪽쪽쪽!

채나가 케인에게 마구 키스를 했다.

4장

선문의 98대 대종사

차박차박!

채나가 (주)SIS의 오세영 사장과 김 부장을 따라 어떤 건물의 주차장으로 들어갔다.

제법 넓은 주차장에는 공항에서 타고 왔던 예의 승합차 등 십여 대의 자동차가 즐비하게 서 있었다.

"지금부터 우리가 가는 파주 교하리 쪽은 비포장도로가 많아서 이 승합차로는 도저히 갈 수가……."

"잠깐만요, 오 사장님!"

채나가 주차장 저편을 쳐다보며 오세영 사장의 말을 중간에서 잘랐다.

이어, 주차장 한쪽에 세워 놓은 트럭 쪽으로 다가가 창문에 붙어 있는 전화번호를 보며 휴대폰을 눌렀다.

"네! 〈채나빌〉 주인이에요. 남의 건물 주차장에 차를 세워 두면 어쩌자는 거야? 당장 빼!"

채나가 주차장이 떠나갈 만큼 소리를 질렀다.

'화아! 도착한 지 두 시간도 안 됐는데 한 이십 년쯤 된 건물주인 같은 자세가 나와?'

오세영 사장과 김 부장이 눈이 커진 채 마주봤다.

"하여튼 미국이나 한국이나 상식 없는 사람들이 엄청 많다니까? 죄송해요. 계속 말씀하세요, 오 사장님!"

채나가 휴대폰을 든 채 툴툴거리며 오세영 사장 쪽으로 다가왔다.

"하, 하 예! 그래서 〈채나원〉을 들어가려면……."

"채나원이 뭐죠?"

채나가 다시 오세영 사장의 말을 가로채며 물었다.

"케인 박사님이 그렇게 명명하셨습니다. 동대문의 이 건물은 채나빌, 파주에 있는 별장은 채나원이라고요."

"씨이……. 오빠는 정말?!"

채나가 케인 얘기를 듣자 금방이라도 울 듯한 표정으로 바뀌었다.

"힉!"

오세영 사장과 김 부장이 주차장에서 귀신이라도 목격한 듯 화들짝 놀랐다.

두 사람은 이미 채나의 눈물 신공을 뼈저리게 경험했다.

김포공항을 출발한 지 십 분쯤 지났을 때부터 울기 시작한 채나는 한강변에 멈춰 서서 한 시간 반을 울었고 또 여기 동대문까지 오면서 계속 울었다.

채나가 얼마나 울어댔는지 타고 오던 승합차가 눈물에 잠겨 하마터면 수몰될 것 같은 위기까지 겪었던 것이다.

채나가 다시 눈물을 흘리기 전에 화제를 돌려야 한다는 절체절명의 명제를 안은 오세영 사장이 재빨리 김 부장에게 사인을 보냈다.

김 부장이 큼직한 SUV 승용차 앞으로 바람처럼 날아갔다.

"채나 씨! 이 차를 한번 봐주시지요? 영국 랜드로버 자동차 회사에서 금년 초에 출시된 렌지로버입니다. 올해 첫 번째로 우리나라에 수입된 차량입니다."

"저 녀석이 등록세까지 무려 일억 오천을 먹었습니다!"

김 부장과 오세영 사장이 SUV차량에 대해 설명을 하자 채나의 눈꼬리가 실처럼 가늘어졌다.

채나가 참을성을 맥시멈으로 발휘할 때 나오는 리액션이었다.

"12기통 경유 6,850cc 4WD SUV차량입니다. 무지막지하게 힘이 좋은 거의 탱크 수준의 괴물입니다."

김 부장이 탐나는 듯 차를 쓰다듬으며 설명했다.

"더 이상 자랑하지 않으셔도 돼요. 미국에 있을 때 제가 엄청 갖고 싶어 했던 녀석이거든요. 시트커버 제조회사 이름까지 외웠어요."

꿀꺽!

채나가 렌지로버를 보며 군침을 삼켰다.

"하하! 그러셨군요. 그럼 지금부터 직접 운전해 보시지요."

오세영 사장이 자동차 키를 내밀었다.

"제, 제가요?"

"그럼, 채나 씨 차를 채나 씨가 운전하셔야지 누가 운전하겠습니까? 물론 길은 제가 가르쳐 드리겠습니다."

"……!"

"하하! 케인 박사님께서 이 자동차에 대해 말씀을 안 하셨나요? 채나 씨 드린다고 직접 자동차 수입상에 가셔서 사오셨어요."

"끼약— 울 오빠 만세!"

채나가 자동차 키를 높이 던지며 환호성을 터뜨렸다.

부우우웅!

채나가 렌지로버를 몰고 〈채나빌〉의 주차장을 빠져나왔다.

끼익!

이십 미터쯤 가던 렌지로버가 그대로 멈췄다.

쪽!

채나가 후다닥 차에서 내려 〈채나빌 CHAE—NA BILL〉이라 음각된 머릿돌에 키스를 했다.

"엄마 잠깐 파주에 갔다 올게. 잘 놀고 있어. 아가야!"

채나가 마치 딸에게 하듯 머릿돌을 톡톡 두드리며 말했다. 뒤이어 흐뭇한 표정으로 붉은빛이 띠는 대리석으로 마감된 오 층 건물을 천천히 둘러봤다.

"우헤헤헤!"

채나가 무척이나 기분 좋은 듯 특유의 맹한 웃음을 터뜨리며 날아갈 듯 렌지로버에 올라탔다.

"그렇게 좋으십니까?"

조수석에 앉아 있던 오세영 사장이 말했다.

"헤헤! 누가 이 〈채나빌〉 퍼갈까 봐 걱정돼요."

"하하하! 파주의 〈채나원〉을 보시면 더욱 마음에 드실 겁니다."

"아후! 진짜 기대된다. 가자! 백마야."

채나가 힘차게 엑셀을 밟았다.

부우우웅!

렌지로버가 비포장도로를 마치 고속도로처럼 달렸다.

채나가 두 눈을 번뜩이며 거의 카레이서처럼 렌지로버를 몰았다.

"하하하! 채나 씨, 정말 운전 잘하시네요. 비포장도로에 들어서니까 거의 베스트 드라이법니다"

"진짜 늠름합니다. 일류 카레이서예요!"

조수석에 앉아 있던 오세영 사장과 뒷좌석에 앉아 있던 김부장이 연신 찬사를 보냈다.

"헤헤헤! 제가 운전을 잘하는 게 아니라 얘가 성능이 좋아서 그래요. 사륜구동형치고 승차감도 엄청 좋고요."

채나가 지금까지 살아오면서 케인이 아닌 다른 사람들에게 이렇게 하이톤으로 대화를 하며 찬찬하게 부연설명까지 해준 적은 없었다.

짱 할아버지나 엄마인 이경희 여사에게도 마찬가지였다. 원래 채나는 거의 용건만 간단히 말하는 무뚝뚝한 성격이었다.

많은 젊은이가 그렇듯 채나도 아주 오래전부터 이 렌지로버 SUV 승용차와 할리 데이빈슨 오토바이를 꼭 갖고 싶었다.

얼마나 갖고 싶었으면 아무도 몰래 적금까지 붓고 있었겠는가?

그 차를 다른 사람도 아닌 케인이 안겨줬다.

채나는 지금 누군가 왼쪽 뺨을 때리면 오른쪽 뺨을 내밀 것이다.

"하하! 그 정도 성능도 안 되면 영국으로 당장 돌려보내야 합니다."

"자그마치 13평짜리 아파트 두 채를 먹은 놈이에요. 이놈이!"

"들었지? 너 몸값 못하면 이 누나한테 뒈지게 혼난다."

"아하하하!"

부우우우웅!

렌지로버가 누나한테 혼나지 않기 위해 비포장도로를 아주 매끄럽게 달려갔다.

"천천히 가시지요, 채나 씨!"

"이 비포장도로부터는 채나 씨 땅입니다. 아무리 땅이지만 주인하고 서로 인사는 해야 되지 않겠어요?"

"……?"

갑자기 채나가 오세영 사장과 김 부장의 농담 섞인 설명을 들으면서 뭔가 이상한 듯 눈을 껌벅였다.

계속해서 렌지로버가 13평짜리 아파트 두 채 값을 하기 위해 소음조차 내지 않고 강줄기를 따라 길게 이어진 비포장도로를 호쾌하게 달렸다.

"옆에 보이는 강은 임진강 줄기입니다. 현재 저 강만 국유지로 돼 있습니다. 건너편에 보이는 산들도 모두 채나 씨 명의로 등기가 돼 있거든요."

"……?"

잠시 후 렌지로버가 속도를 줄이면서 시멘트로 포장이 된 도로로 들어섰다.

"자! 이제 다 왔습니다. 채나 씨! 저기 이 층 건물 보이시지요? 저기 사계절 슈퍼, 사계절 보트라는 간판이 걸린 건물! 저 건물 주차장에 차를 대시면 됩니다."

"저 건물은 케인 박사님이 직접 슈퍼 주인인 길 사장하고 임대차계약을 하셨습니다. 채나원의 관리 문제 등 여러 가지 조건이 들어가 있죠. 계약서 원본은 아까 드린 가방에 있습니다."

"……."

오세영 사장과 김 부장이 채나원 주위 땅과 부속시설에 대해 열심히 설명했지만 채나의 귀에는 전혀 들어오지 않았다.

비포장도로를 삼십 분쯤 달렸을 때부터 채나의 머릿속에 한 가지 의문이 맴돌았기 때문이다.

바아아아아아앙!

모터보트 세대가 새파란 강물을 가르며 달렸다.

"바람이 아직 쌀쌀하죠, 채나 씨?"

"그래도 좋은데요. 여기 와서 강바람을 쐬니까 그동안 쌓였던 스트레스가 모조리 날아갔어요."

오세영 사장과 채나가 십여 척의 보트가 정박된 선착장 위에 서서 탁 트인 강변의 경치를 구경하고 있었다.

"하하! 다행이네요. 저기 강 건너편 높은 산 보이시죠? 저산 중턱에 채나원이 있습니다. 여기서 보트로 오 분이면 도착합니다."

"아……. 네!"

'비포장도로를 한 시간이 넘게 달려야 하고 그 비포장도로가 끝난 뒤에도 모터보트로 오 분쯤 더 가야 도착하는 강 건너 별장! 오빠는 왜 이런 오지의 집을 샀지?

채나는 이해가 되지 않았다.

'오빠 고향이 여기였나? 아닌데!'

채나의 의문은 당연했다.

사실 큰 비용을 들이지 않아도 되는, 교통 좋고 산수 좋은 별장은 서울 근교에도 얼마든지 있었다.

그런데 케인은 굳이 아무 연관도 없는 이 오지까지 와서 막대한 자금을 들여 채나원을 사들인 것이다.

"채나원에 도착하면 더욱 흡족하실 겁니다. 전에 살던 분이 건축회사 오너여서 집을 아주 잘 지어 놓았거든요."

"그, 그래요?"

"하하하! 이건 여담입니다만 혹시 서울에 계시다가 매스컴에서 전쟁이 어쩌구 떠들면 잽싸게 이쪽으로 내려오세요, 미국으로 가지 마시고!"

"……?"

"채나원 본채는 집이 아니라 요새입니다. 요새! 지하에 핵폭탄이 떨어져도 피할 수 있는 벙커까지 만들어 놨어요."

'핵폭탄이 떨어져도 피할 수 있는 벙커? 맞아!'

지나치듯 농담으로 던진 오세영 사장의 한마디가 채나의 머릿속을 환하게 밝혀 줬다.

케인이 이 오지에 있는 채나원을 구입한 이유를 명확히 알게 됐던 것이다.

그랬다!

채나의 짐작대로 이곳 〈채나원〉은 일종의 안가(安家)였다.

채나는 아버지 김 변호사를 살해한 범인을 찾기 위해서 한국에 왔다.

만에 하나 채나가 범인과 마주쳐 싸움이 벌어지고 위기가 닥치면 채나원으로 피하라는 케인의 심모원려(深謀遠慮)한 안배였다.

채나원은 그 지리적 여건 때문에 범인들이 쉽게 찾지 못하고 찾았다

해도 쉽사리 접근하지 못하는 천연의 요새였기에 채나가 위기에서 탈출할 수 있는 충분한 시간을 벌 수 있는 곳이었다.

동대문의 채나빌 또한 채나원과 같은 차원에서 케인이 구입한 것이었다.

아무리 배짱이 좋은 인간이라 해도 수많은 인파가 왕래하는 번화가에서 사람을 해친다는 것은 결코 쉽지 않은 일이었다.

케인은 21세기가 탄생시킨 최고의 천재였고 선문의 98대 대종사가 유일하게 뒤를 맡길 수 있는 군사(軍師)였다.

"사장님! 길 사장 부부가 〈채나원〉에 있다는데요? 채나 씨가 온다니까 청소라도 하러 간 모양입니다."

김 부장이 슈퍼 쪽에서 선착장으로 걸어오며 말했다.

"통화는 했어?"

"예! 즉시 이곳으로 건너오겠답니다."

"그럼 잠시 기다리지 뭐!"

컹컹컹!

그때, 높은 산이 바라다 보이는 강 건너 저편에서 개 짖는 소리가 아스라하게 들려왔다.

"……!"

채나가 귀를 쫑긋했다.

"어이구! 저 살벌한 놈들이 왜 또 저렇게 짖어 대지?"

"하하하! 쟤들은 길 사장 부부가 영 마음에 안 드나 봐? 만난 지 보름쯤 됐으면 친해질 때도 됐는데⋯⋯."

김 부장과 오세영 사장이 고개를 절레절레 흔들었다.

컹컹컹컹!

개짖는 소리가 더욱 크게 들려왔다.

"아참? 채나 씨! 저 개들⋯⋯."

"우헤헤헤헤헤헤!"

오세영 사장이 뭔가 생각난 듯 채나에게 물어 보려고 할 때 채나가 갑자기 특유의 웃음을 터뜨렸다.

"킹하고 퀸이야! 오빠가 쟤들도 보냈네, 헤헤헤!"

채나가 강 건너편을 바라보며 반갑다는 듯 마구 손을 흔들었다.

"안녕히 가세요! 가자, 스노우!"

첨벙!

채나가 오세영 사장에게 인사를 하고 서슴없이 강으로 뛰어 들었다.

퐁!

눈처럼 하얀 고양이 스노우가 뒤를 따랐다.

촤촤착!

채나가 스노우를 등에 태우고 돌고래처럼 빠르게 헤엄치

기 시작했다.

"흑!"

오세영 사장과 김 부장이 마른 비명를 토하며 입을 쩍 벌린 채 능숙하게 강물을 헤엄쳐 가는 채나를 쳐다봤다.

"그동안 수고하셨어요, 오 사장님, 김 부장님! 다음에 뵈어요!"

채나가 강 위에서 오시장을 바라보며 소리쳤다.

"예예! 알았으니까 조심해서 건너가세요, 채나 씨!"

오세영 사장이 마주 소리쳤다.

촤촤촤촤!

채나가 점점 더 빠르게 헤엄쳐 갔다.

"허이구! 완전 물귀신이었네, 채나 씨?"

"그, 글쎄 말입니다! 아직 강물이 차가울 텐데 저렇게 거침없이 뛰어들어 수영을 하다니 원!"

"빨리 길 사장에게 전화해! 수건이라도 갖고 나오라구."

"예, 사장님."

김 부장이 급히 휴대폰을 눌렀다.

*   *   *

컹컹컹!

새까만 먹물빛의 사자개 두 마리, 킹과 퀸이 선착장 위에서 채나가 헤엄쳐 오는 것을 지켜보며 펄쩍펄쩍 뛰며 난리를 쳤다.

수사자처럼 덥수룩한 갈기까지 있었고 몸무게가 백 킬로는 족히 넘을 듯한 무지막지하게 큰 개였다.

수사자를 닮았다 해서 사자개로 불리 우는 이 개들의 정식 종명은 티벳탄 마스티프!

몽고의 태조 칭기즈칸이 전쟁터에 병사로서 참전시킬 만큼 지독하게 포악한 맹견으로 국외로 반출이 금지된 중국 국견(國犬)이었다.

이 킹과 퀸은 짱 할아버지와 채나가 중국을 여행 갔을 때 중국의 고위층이 선물한 개들이었다.

채나가 강아지 때부터 키운 놈들로 케인이 채나를 생각해 미국에서 이곳으로 보내준 것이다.

채나가 스노우와 함께 선착장 위로 올라왔다.

후두둑…….

머리의 물을 털었다.

컹컹컹!

두 마리 사자개 킹과 퀸이 채나를 만난 것이 너무 반갑고 좋은지 연신 짖어대며 채나 주위를 뱅뱅 돌며 마구 꼬리를 쳤다.

"우혜혜혜혜혜혜— 킹! 퀸!"

채나가 활짝 웃으며 작은 몸을 새처럼 날려 킹과 퀸을 덥석 안았다.

"혜혜혜! 그래그래! 내 새끼들, 이뻐이뻐!"

채나가 킹과 퀸을 안고 선착장을 뒹굴면서 키스 세례를 퍼부었다.

한순간, 채나가 선착장 저편에서 뭔가를 발견했다.

〈彩羅園(채나원)〉이라고 새겨진 큼직한 통나무 현판이었다.

"후……. 오빠 글씨다?"

채나가 미소를 띤 채 현판을 매만졌다.

채나의 눈 속에 채나원이라는 현판을 새겨 걸어놓을 만큼 찬찬한 아주 잘생긴 케인의 얼굴이 떠올랐다.

으르릉!

그때 킹이 살기를 띠었다.

"저, 저기 채나 씨 되시죠? 저 슈퍼 길입니다!"

선착장에서 삼십여 미터쯤 떨어진 아름드리 느티나무 밑에서 뚱뚱한 중년 사내, 길 사장이 소리쳤다

"네! 안녕하세요."

채나가 킹과 퀸을 쓰다듬으며 대답했다.

"어이구? 그 녀석들 좀 꼭 잡고 계세요. 채나 씨! 방금 녀석

들이 집에서 뛰쳐나올 땐 정말 돼지는 줄 알았습니다."

"헤헤! 마음 놓으세요. 제가 오는 걸 알고 마중 나온 거예요. 애들은 아주 영리해서 함부로 포악을 부리지 않아요."

"그, 그래도 제가 개를 워낙 무서워해서 잠깐 저쪽에 가서 놀게 하면 안 될까요?"

길 사장이 애원하듯 말했다.

"킹! 퀸! 스노우랑 저 숲 속에 가서 놀아!"

채나가 저편 숲을 가리키며 말했다.

컹컹컹!

킹과 퀸, 그리고 스노우가 비호처럼 숲 속으로 달려갔다.

"어후후후! 무슨 개들이 저렇게 사납고 큰지 원. 여, 여기 수건……."

길 사장이 저편 숲 속으로 달려가는 개들을 쳐다보며 채나에게 수건을 건넸다.

"그동안 〈채나원〉 관리하시느라고 힘드셨죠?"

채나가 수건으로 물기를 닦으며 의례적인 인사를 했다.

"힘들긴요. 뭐, 가끔 청소나 한 번씩 하는 건데요."

길 사장이 미소를 지으며 말을 받았다.

"일단 올라가시죠. 집사람이 채나 씨 오신다고 해서 닭백숙을 끓이고 있습니다. 가마솥으로 하나! 어헛헛헛!"

"헤……. 오빠가 힌트를 확실히 줬네요?"

"어헛헛! 박사님이 채나 씨는 질보다 양이라고 하시더군
요."

"헤헤! 쪼금 그런 편이죠."

채나와 길 사장이 웃으면서 선착장을 벗어났다.

"와아아아아! 완전 수목원이야?"

채나가 선착장을 벗어난 지 삼십 초도 안 돼서 강 건너에
있는 오세영 사장도 들릴 만큼 엄청난 탄성을 쏟아냈다.

아름드리나무 수백 그루가 마치 채나의 방문을 환영이라
도 하는 듯 채나 앞에 좍 늘어 서 있었다.

"이제 시작입죠! 가시면서 보면 아시겠지만 이 채나원에
식재된 나무가 수십만 그루가 넘습니다. 그것도 느티나무, 소
나무, 잣나무, 전나무, 측백나무, 사철나무 등 병충해에 강하
고 사계절 푸른 상록수만 심어져 있습니다."

"와아! 대단하다. 근데 얘들은 몇 년이나 자랐기에 이렇게
커?"

채나가 아름드리나무를 양팔로 감쌌다.

사실, 채나는 어릴 때부터 짱 할아버지와 케인과 함께 많은
여행을 했다.

보름 전에도 로키산맥의 최고봉이라는 앨버트 산에 올랐
었다.

당연히 수고가 백 미터가 넘고 수경이 이 미터가 넘는 거목

들을 부지기수로 목격했다.

그런데도 채나가 채나원의 거목들을 보며 감탄을 하는 것
은 케인이 만들어준 자신만의 왕국에 있는 나무들이기 때문
이었다.

쇼윈도에 진열된 명품과 내가 주인인 명품을 감상하는 기
분은 비교 자체가 안 된다.

게다가 채나는 지금 생애 최고의 기분이었다.

고국에 들어온 지 몇 시간 만에 자신이 그토록 갖고 싶어
하던 자동차와 동대문의 〈채나빌〉에 이어 〈채나원〉과 함께
킹과 퀸을 만났으니…….

아마 채나는 지금 누군가 자신의 왼쪽 뺨을 때리면 오른쪽
뺨을 내밀고 다시 왼쪽 뺨을 내밀지도 모른다.

그래서 자신도 모르게 반말이 튀어나왔다.

"한 백 년은 넘었을 겁니다."

"배, 백 년!?"

"원래 이 채나원은 조경회사를 하던 박 사장이 선대로부터
물려받은 산이었습니다. 크고 좋은 나무들을 사서 사람 손이
타지 않는 이곳에 옮겨 심었습니다. 몇 년 키워서 비싸게 팔
아먹으려고요."

길 사장이 울울창창 뻗은 거목들을 돌아보며 설명을 했다.

"한데, 십 년 전인가 박 사장이 주식에 손댔다가 홀랑 말아

먹고 이 산이 태양건설 정 회장한테 넘어갔습죠. 그 태양건설이 IMF 환란 때 부도가 나면서 이 산이 은행에 잡혀 있었는데 그걸 박사님이 사신 겁니다."

"그동안 우리 채나원 노인네들이 고생을 많이 했구나?"

채나가 아름드리나무들을 돌아보며 고개를 주억거렸다.

"걱정하지 마, 노인네들! 이제부터 채나가 잘 보살펴 줄게. 헤헤!"

채나가 미소를 띤 채 나무들을 톡톡 치며 마치 할머니, 할아버지에게 애교를 떨 듯 말했다.

"……!"

찰나, 길 사장의 입이 쩍 벌어졌다.

아름드리 거목들이 채나를 보고 환하게 웃었기 때문이다.

길 사장은 채나원의 산지기로 일을 한 지 십 년이 넘었다.

그동안 수없이 산을 드나들면서 이런 신기한 일을 목격한 것은 정녕 처음이었다.

나무 같은 식물들도 감정을 느낀다는 사실은 이미 오래전에 과학적으로 증명이 됐다.

'땅도 나라도 주인이 정해져 있다더니 정말 이 산은 이름대로 채나 씨가 주인이었구나!

길 사장이 입을 헤 벌린 채 다시 한 번 채나를 살펴봤다.

채나와 길 사장이 수고 십 미터쯤 되는 사철나무와 탱자나

무가 양쪽으로 울타리를 만든 돌계단을 천천히 올라갔다.

〈채나원〉의 구조는 간단했다.

삼십만 평쯤 되는 야산에 수십만 그루의 거목이 식재돼 있었고 그 중턱에 한옥 한 채와 양옥 한 채가 세워져 있었다.

묘목들이나 농기구 등을 보관하는 창고들도 곳곳에 보였고!

쿵쿵!

돌연, 통나무들이 잔뜩 쌓여 있는 창고 근처를 지나가던 채나가 눈을 빛내며 냄새를 맡았다.

"뭐, 뭐지?"

"어헛헛헛! 집사람이 끓이는 닭백숙 냄새군요."

채나가 심각한 표정으로 질문을 하자 길 사장이 웃으면서 대답했다.

"먹고 죽은 귀신이 때깔도 곱다라는 한국 속어가 있더라구! 일단 먹고 돌아보자, 길 사장님?"

"헛헛! 그렇게 하시죠. 아닌 게 아니라 저도 출출합니다."

채나와 길 사장이 웃으면서 통나무 창고 쪽으로 방향을 틀었다.

벌목한 듯한 통나무들이 여기저기 무질서하게 쌓여 있어 마치 통나무 야적장처럼 보이는 공터에서 통통한 길 사장 부인이 가마솥을 걸어 놓고 열심히 장작을 때고 있었다.

"인사해, 마누라! 채나 씨 왔어."

길 사장이 부인을 보며 소리쳤다.

"안녕하세요, 채나예요!"

"아휴! 어서 오세요. 진짜 박사님 말씀처럼 귀엽고 예쁘게 생기셨네."

"헤헤! 고마워요."

채나와 길 사장 부인이 사근사근하게 인사를 나눴다.

따라랑!

그 순간 길 사장 주머니에서 휴대폰이 울렸다.

"그려? 이, 이걸 어쩐디아? 시방 네 엄마랑 아주 귀한 손님을 대접하고 있는디?"

길 사장이 얼마나 다급한지 오랫동안 쓰지 않던 고향인 충청도 사투리가 튀어나왔다.

"허어참! 가게에 단체 손님이 들이 닥쳤디아! 한 삼십 명 된대는디?"

"어이구, 큰일 났네! 미숙이 혼자 어쩐대요?"

길 사장 부부가 안절부절못하며 채나 눈치를 살폈다.

"쩝쩝! 이 백숙 다 끓은 거죠?"

"예에! 아주 푹 고아졌어요. 드시기만 하시면 되는데……."

채나가 가마솥을 살펴보며 물어보자 길 사장 부인이 눈치를 보며 대답했다.

"어? 길 사장님 아직도 안 갔어? 곧 킹하고 퀸 올 거야."

채나가 길 사장을 쳐다보며 천연덕스럽게 말했다.

"익! 어여 가자구."

길 사장이 화들짝 놀라며 부인에게 손짓했다.

"식사를 차려 드려야 하는데 죄송해요. 필요하신 건 전부 본채 안방에 챙겨 놨으니 천천히 살펴보세요."

"이따 저녁에 가게로 건너오십시오. 이 사람 십팔번이 닭백숙이 아니라 매운탕입니다. 한잔하시면서 말씀 나누시죠!"

"전 질보다 양이에요, 미숙이 어머님."

채나가 예쁘게 미소를 지으며 말했다.

"호호호……. 예에!"

"어허헛! 이따 뵙겠습니다."

길 사장 부부가 부리나케 달려갔다.

"킹! 퀸! 스노우야— 밥 먹자!"

뒤이어 채나가 박수를 치며 킹 등을 소리쳐 불렀다.

컹컹컹!

킹과 퀸이 숲 속 저편에서 요란하게 짖으며 뛰어왔다.

문득, 저만큼 걸어가던 길 사장이 채나를 돌아봤다.

"저 양반 둘 중 하나여, 이 산 산신령 아니면 저 강 물귀신!"

"무슨 말이래요? 저렇게 예쁘고 귀엽게 생긴 물귀신도 있대요?"

"아, 사람아! 저 양반이 아까 강을 헤엄쳐 건너왔어!"

"세세세상에?!"

"게다가 저 양반이 나무들헌티 사람헌티 허는 것처럼 인사를 허니께 나무들이 저 양반보고 웃더라고! 진짜여!"

"하이구! 정말 보통 아가씨는 아닌 게비네?"

길 사장 부부가 다시 한 번 채나가 있는 통나무 창고 쪽을 쳐다보고 급히 걸어갔다.

"헤헤헤! 이제 먹어볼까?"

채나가 통나무를 파서 만든 큼직한 네 개의 구유에 김이 펄펄 나는 닭백숙을 서너 마리씩 퍼놓고 흡족하게 웃었다.

"짭짭……. 맛있다. 스노우!"

채나가 구유에 담긴 백숙을 맛본 후 스노우를 불렀다.

"후우! 후우! 자아……."

큼직한 닭다리 하나를 입으로 식혀 스노우에게 건네줬다.

킹과 퀸이 입맛을 다시며 채나에게 다가왔다.

"킹은 저거! 퀸은 저거! 뜨거우니까 천천히 먹어."

채나가 닭다리를 든 채 킹과 퀸에게 구유를 하나씩 정해줬다.

자그마한 체격의 인자한 엄마가 음식을 만들어 덩치 큰 자식들에게 나눠 주는 모습 그대로였다.

와구와구!

아직 추위가 완전히 물러가지 않은 이른 봄의 늦은 오후.

채 불꽃이 꺼지지 않은 아궁이 주위에 시커먼 사자만 한 개두 마리와 하얀 고양이 한 마리, 그리고 귀엽게 생긴 아가씨가 둘러앉아 맛있게 닭백숙을 먹었다.

결코 쉽게 볼 수 있는 풍경은 아니었다.

그렇다고 길 사장 말처럼 물귀신이나 산신령들이 모여 저녁식사를 하는 광경도 아니었고 어떤 동물농장에서 본 듯한 모습이었다.

"쩝쩝쩝! 바로 이게 한국의 토종 닭백숙 맛이구나? 완전히 살살 녹아! 정말 오랜만에 음식다운 음식을 먹었어."

서너 마리의 닭을 마파람에 게 눈 감추듯 해치운 채나가 숟가락을 놓으며 연신 감탄사를 토했다.

"끄으윽!"

이어 채나가 만족한 표정으로 트림을 했다.

"아후! 근데 너무 졸리다……. 퀸… 스노우……."

툭!

채나가 자신도 모르게 눈을 감으며 아직 불꽃이 타고 있는 아궁이 앞에서 퀸을 베고 쓰러졌다.

채나는 어젯밤 LA에서 출발해 이곳 파주 〈채나원〉까지 무려 이십여 시간을 여행했다. 파김치가 되는 것은 당연했다.

킹이 벌떡 일어서서 채나를 경호하듯 주위를 쏘아보며 눈을 빛냈다.

동시에, 스노우가 어디론가 쪼르르 사라지더니 두꺼운 담요를 하나 물고와 채나에게 덮어줬다.

이 눈처럼 흰 고양이 스노우는 어린 채나에게 짱 할아버지가 안겨줬다.

짱 할아버지는 스노우를 선문의 96대 대종사에게 물려받았고!

또 96대 대종사는 95대 대종사에게 물려받았다.

백사를 주식으로 먹고 산삼을 간식으로 먹는 고양이도 몇백 년을 살 수는 없다.

20세기 최후의 신비인이라는 짱 할아버지조차도 스노우의 정체를 정확히 알지 못했다.

아는 것은 그저 선문의 역대 대종사들에게 전해져 내려오는 살아 있는 병기라는 것 정도였다.

스노우는 무늬만 고양이였다.

쌕쌕!

채나가 몹시 피곤한 듯 킹을 베고 스노우가 덮어준 담요를 덮고 잠이 들었다.

끼익!

어둠침침한 지하 주차장에 은색 승용차 한 대가 멈춰 섰다.

통통통…….

차문이 열리면서 연두색 테니스공이 튀어나와 주차장 저편으로 굴러갔다.

눈처럼 하얀 고양이 스노우가 쪼르르 테니스공을 쫓아갔다.

"어디가? 스노우!"

유치원생인 채나가 초등학교 삼 학년쯤 된 케인과 함께 급히 스노우를 따라갔다.

끼이이익!

바로 그때, 검은색 승합차 한 대와 세 대의 밴 승용차가 은색 승용차를 에워쌌다.

카키색 양복을 걸치고 멋진 금발을 단정하게 빗어 넘긴 삼십대 초반의 백인 사내가 소음기가 장착된 권총을 든 채 승합차에서 내렸다.

퍽! 퍼퍽!

백인 사내가 은색 승용차에 다가가 한 치의 망설임도 없이 권총을 발사했다.

"끄윽! 끅! 윽!"

수박 터지는 소리와 함께 세 번의 비명 소리가 들렸다.

퍼퍼퍽!

백인 사내가 연이어 총을 쏴 확인 사살을 했다.

사내의 손등에 새겨진 킹코브라 문신이 유난히 살벌하게 느껴졌다.

"쏘리!"

백인 사내가 행동과는 반대로 미안하다는 말을 흘리고 사방을 살피면서 곧장 검은색 승합차에 올라탔다.

부우웅!

검은색 승합차와 밴 승용차들이 일제히 출발했다.

"스노우! 거기 있어?"

그때 유치원생 채나가 스노우를 부르며 주차장 저쪽에서 마악 출발하는 검은색 승합차 쪽으로 다가왔다.

케인이 몸을 날려 채나를 껴안았다.

끼이익!

검은색 승합차가 케인의 왼쪽 다리 위를 그대로 지나쳤다.

케인이 인상을 쓰며 채나를 안은 채 바로 옆에 주차돼 있는 흰색 승용차 밑으로 몸을 굴렸다.

끼끼익! 끽!

검은색 승합차와 밴들이 일제히 멈추면서 권총을 든 이십여 명의 사내가 뛰어내렸다.

사내들이 소리없이 눈짓과 손짓을 하며 주차장을 수색하기 시작했다.

앵앵앵앵!

그때 주차장 한쪽 구석에 세워져 있던 차에서 사이렌 소리가 요란하게 울렸다.

도난 경보기가 오작동을 했던 것이다.

방금 권총을 쐈던 금발의 백인 사내가 한 손을 들며 신호를 했다.

사내들이 다시 일사불란하게 차에 올라탔다.

부우우웅!

승합차와 밴 승용차들이 바람처럼 주차장을 빠져나갔다.

그순간, 킹코브라 문신이 새겨진 손이 소음기가 장착된 권총을 들고 채나의 머리를 겨냥했다

*   *   *

"헉!"

채나가 식은땀을 흘리며 벌떡 일어났다.

악몽이었다. 몸이 피곤할 때면 어김없이 찾아오는 악몽!

채나는 이 악몽 속에 출연한 킹코브라 문신이 새겨진 손의

주인공을 찾으려고 한국에 왔다.

스노우가 채나의 얼굴에 흐르는 땀을 핥아줬다.

"후우! 또 꿈을 꿨어. 킹코브라 문신이 새겨진 손……."

채나가 스노우를 꼭 끌어안으며 길게 한숨을 쉬었다.

땡똥땡! 땡똥땡!

이때, 채나의 품속에서 경쾌한 휴대폰 소리가 울렸다.

케인이었다. 때마침 걸려온 케인의 전화가 너무나 반가운 채나였다.

"으응……. 오… 오빠! 또, 또 악몽을 꿨어. 아빠가 총에 맞는 꿈!"

채나가 울먹이며 휴대폰을 받았다.

"아냐아냐! 이제 괜찮아. 진짜 괜찮아!"

채나가 스노우를 안은 채 휴대폰을 들고 천천히 돌계단을 올라갔다.

"헤헤헤! 고마워, 오빠! 아주 죽여주더라구! 아까 자갈길을 달려봤는데 완전 고속도로처럼 달려. 진짜 멋진 녀석이야!"

채나가 케인과 통화를 하면서 기분이 풀린 듯 소리가 점점 커졌다.

잠시 후, 채나가 〈채나원〉의 정상에 자리 잡은 팔각정으로 올라갔다.

킹과 퀸도 채나를 따라 올라왔다.

"오빠, 여기 올라와 봤어? 채나원의 정상에 있는 팔각정! 완전 그림이야. 그림! 응응! 그래! 아침에 전화할게! 울 오빠 사랑해!"

쪽!

채나가 휴대폰에 키스를 하면서 전화를 끊었다.

"화아아아! 진짜진짜 혼자 보기 아까운 경치다. 야후—"

채나가 아까 꾸었던 악몽을 완전히 잊은 듯 환호성을 질렀다.

비단 띠처럼 흐르는 강물 위로 붉은 노을이 물들고 그 노을을 뚫고 몇 대의 모터보트가 빛살처럼 달려갔다.

채나가 천천히 아주 오랫동안 스트레칭을 했다.

발가락부터 시작해서 머리끝 손가락 끝까지…….

어느 순간 가부좌를 틀고 앉아 양손을 단전에 얹고 조용히 눈을 감았다.

우연인가?

스노우가 눈을 반짝이며 채나의 정면에 앉아 있었고 킹과 퀸이 채나의 좌우에 우뚝 서 있었다.

마치 장군을 호위하는 경호 무사들 같았다.

채나가 한국에 들어온 첫날은 이렇게 흘러갔다.

*　　　*　　　*

80년대 초만 해도 서울특별시 중구 충무로 3가는 연예인의 거리였다.

작은 다방이나 레스토랑에만 가도 아주 유명한 탤런트나 영화배우 가수들을 쉽게 만날 수 있었다.

우리나라에서 내로라하는 영화사나 연예기획사 극장과 클럽들이 주로 충무로나 명동, 종로에 자리 잡고 있었기 때문이다.

지금은 대부분의 연예기획사나 영화사들이 서울 강남의 압구정동이나 청담동, 신촌의 합정동 등지로 이사를 가는 바람에 충무로나 명동을 가도 연예인들을 보기가 어렵다.

하지만 대한민국의 연예기획사 중에 톱텐에 드는 (주)예음(芸音)은 여전히 충무로를 지키고 있었다.

때 이른 봄비가 추적추적 내리는 이월 첫째 주 토요일 오후까지 세 명의 중년 사내가 (주)예음의 사장실에 모여 열심히 운동을 했다.

70년대에 시작된 새마을 운동에 이어 80년대에 우리나라에 상륙해 들불처럼 번진 범국민적인 운동, 고스톱이었다.

점당 천 원, 상한가 십만 원, 피박, 멍박, 광박 있고 첫뻑에 삼천 원, 삼패 흔들면 따블, 비삼패, 똥삼패 흔들면 따따블, 이하 규칙은 일반 관례에 준한다.

월급쟁이들은 선뜻 붙을 수 없는 꽤 큰판이었다.

선수는 딱 셋!

전 WBA, WBC 주니어 미들급 통합 챔피언으로 강동주 체육관의 관장 겸 캔 프로모션의 회장인 강동주 관장은 운동이 시작될 때부터 지금까지 쉴 새 없이 욕을 해댔다.

욕이 나올 만도 했다.

강 관장은 지난 세 시간 동안 세계 타이틀에 도전할 때보다 더욱 신중하게 화투를 쳤지만 성적은 삼 점짜리 세 판 먹고 땡!

무려 47만 원이나 깨졌다.

강남에서 〈대망〉 등 아홉 개의 룸살롱을 운영하는 조 회장이 30만 원, 대한방송사 DBS 예능본부 홍의천 본부장이 나머지를 챙겼다.

'저 조까놈! 지가 무슨 연예인이라고 보라색 벨벳 양복에 백구두를 신고 금팔찌에 금 목걸이, 주먹만 한 다이아 반지까지 찬 저놈이 문제야! 저 새끼가 타짜라구! 홍 부장 놈은 호구고…….'

강 관장이 권투 선수 시절 주먹에 맞아 펀치 드렁크에 시달리는 머리통을 최대한 굴리고 심지어 조 회장 패를 컨닝까지 하면서 덤볐다.

결과는 오늘도 역시 지난번처럼 승률이 일 할 대였다.

사실은 강 관장이 호구라고 지목한 홍의천 본부장도 재야의 고수 중 한 사람이었다.

생각해 봐라!

메이저 방송사인 DBS에 직원이 얼마나 많겠으며 경조사는 또 얼마나 많겠는가?

우리 주위에서는 흔히 초상집이나 집들이에 가면 제일 먼저 화투를 내놓는다.

본부장이라고 무게를 잡고 빼는 것도 하루 이틀. 결국 운동에 동참하게 된다.

이렇게 불철주야 연마한 고스톱이 벌써 아마 6단이었다.

비록, 홍 본부장의 겉모습이 뚱뚱하고 수더분한 시골 아저씨 같았지만 서울대학교 영문학과를 졸업한 예리한 두뇌의 소유자로 예전부터 강 관장을 물 좋은 손님으로 여겼다.

펀치 드렁크에 시달려 아이큐가 80까지 떨어진 전직 복서.

서울대를 나온 메이저 방송사의 본부장.

노름이 본업이고 술장사는 부업인 룸살롱 사장.

이 세 사람이 모여 고스톱을 치면 누가 돈을 잃을까?

강 관장만 모르고 있었다.

차차착!

조 회장이 큼직한 다이아 반지를 낀 손으로 유연하게 화투장을 돌렸다.

"으드득! 이 씨발놈들은 꼭 떼로 모여서 학교를 가네? 또 삼 학년 이 반 이 번이야!"

강 관장이 오동 삼패와 비 두 장 국화 두 장이 들어온 패를 쳐다보며 치를 떨었다.

"흐흐…… 새끼! 그 살벌한 고메즈하고 싸울 때도 눈썹 하나 까닥 않던 놈이 고스톱만 치면 사시나무 떨듯 떤다니까!"

"고스톱이 주먹으로 치는 거면 니들이 게임이 되냐? 돼? 자식아! 대가리로 하는 거니까 그렇잖아, 개시키야!"

강 관장이 잘 걸렸다는 듯 조 회장을 조졌다.

"하여튼 화투만 치면 말이 많아. 빨리 출발해서, 강 관장님!"

홍 본부장이 채근했다.

"알았어, 자식아. 자! 똥 삼패 흔들었다. 각오해! 따따! 나팔 불었어."

"예예, 강 관장님! 돈은 달라는 대로 드릴 테니까 제발 경로당 화투 좀 치지 마세요?"

조 회장이 느물거렸다.

"상놈의 화투 봐라? 똥 삼패 빼니까 먹을 게 하나도 없네. 염병!"

강 관장이 또 욕을 하기 시작했다.

"비광으로 비 다섯 끗을 때려."

언제부터 그 자리에 있었는지 모르지만 아무도 의식하지 못한 상황에 파고 들어온 채나가 강 관장의 어깨너머로 화투 패를 쳐다보며 훈수를 뒀다.

"비광으로 비 띠를 먹어? 청단 짝도 있잖아?"

강 관장이 손에 든 화투 패를 죽어라고 쳐다보며 말을 받았다.

"바보! 첫뻑을 노리는 거야. 자뻑이면 피를 두 장씩 준다며? 관장님 패는 도 아니면 모라구! 깨질 걸 각오하고 가는 거야."

"씨발! 맞네. 이 패를 가지고 뭘 바래? 그냥 뒈진 거다."

채나가 판세를 설명하자 강 관장이 논스톱으로 비광을 던졌다.

짝!

신기하게도 비 쌍피가 뒤집어지면서 제대로 첫뻑이 됐다.

"카카카캇! 만세! 첫뻑이다, 첫뻑이야! 삼천 원씩 앞으로!"

강 관장이 마치 오늘이 광복절이라도 된 것처럼 만세를 부르며 호들갑을 떨었다.

'쟨 누구지? 생김새나 차림새가 연예인 같은데?'

'표 사장이 키우는 앤가?'

홍 본부장과 조 회장이 채나를 힐끗 본 후 떫은 표정으로 강 관장에게 삼천 원씩을 던졌다.

다시, 강 관장 순서가 왔다.

강 관장이 바닥의 청단짜리 국화를 먹으려고 패를 들었다.

"아냐! 그건 두 사람 다 없어. 돌리고 일단 비를 가져와."

강 관장이 잽싸게 국화를 집어넣고 비를 먹은 뒤 피를 두 장씩 받아왔다.

뒤이어 기다렸다는 듯 홍 본부장이 강 관장이 흔든 패의 나머지 짝, 똥 쌍피를 발랑 까냈다.

"빌어먹을!"

"어구구구⋯⋯. 이뻐이뻐이뻐! 우리 홍 부장!"

강 관장이 환호성을 터뜨렸다.

"흐흐흐! 내 사랑하는 친구, 홍 부장 오빠. 너무 고마워! 대신 폭탄 맛 좀 봐!"

강 관장은 홍의천 본부장을 호칭이 너무 길다고 꼭 홍 부장이라고 불렀다.

방송사에서 부장과 본부장은 군대에서 중대장과 사단장이었다.

강 관장이 폭탄을 치려고 똥 삼패를 들었을 때 채나가 또 훈수를 뒀다.

"NO! 이제 국화를 먹어."

강 관장이 다시 패를 바꿔서 국화를 먹었다.

이번에는 국화 열 끗이 뒤집히면서 두 번째 자뻑이 됐다.

"깔깔깔……. 대한국민 만세다! 두 분 다 육천 원씩 주시와 요!"

강 관장이 소름이 오싹 끼치는 목소리를 날렸다.

"OK! 이제부터는 자력갱생을 해봐."

채나가 강 관장의 어깨를 툭툭 쳤다

"흑흑! 도대체 이게 얼마 만에 먹어보는 상한가냐? 울 아버지 돌아가시고 처음이지 싶다?"

강 관장이 화투를 섞으며 통곡을 했다.

조 회장과 홍 본부장이 어이없다는 표정으로 재차 채나를 힐끗 쳐다보며 십만 원짜리 수표 한 장씩을 강 관장에게 던졌다.

"좋아! 너 여기 앉아."

강 관장이 채나를 반짝 들어 자신의 옆자리에 앉혔다.

"오빠 물 좀 버리고 올 테니까 대타 좀 뛰어."

"우씨! 난 훈수나 쫌 하지, 실전엔 약한데?"

"네 앞에 있는 돈이 네가 딴 돈이다. 그거만 잃어."

"그렇다면 뭐……."

채나가 서투른 솜씨로 화투장을 섞었다.

"루루루! 잘나가고 있냐, 예쁜아?"

강 관장이 화장실을 다녀오며 콧노래를 흥얼거렸다.

"……!"

강 관장이 채나 앞에 놓인 돈을 보고 화들짝 놀랐다.

"아, 아니, 어떻게 돈이 육십만 원이나 됐어? 잠깐 볼일 보고 왔는데?"

"그 잠깐 동안 우리는 상한가를 두 번이나 맞았답니다. 동주 오빠!"

"야! 강 관장, 애 어디서 데려왔어? 완전 타짜야!"

"타짜는 무슨? 그냥 운이 좋은 거지."

조 회장과 홍 본부장이 우는 소리를 하자 채나가 툴툴거렸다.

노름판에는 애어른이 없다.

채나도 그 불문율에 따라 부담 없이 반말을 날렸다.

"호오오? 좋아! 이제부터 너도 레귤러다."

"그래! 고스톱은 넷이 쳐야 딱 좋아."

강 관장과 홍 본부장이 채나를 일군의 주전 선수로 승격시켰다.

"아띠……. 난 돈도 얼마 없는데?"

"자! 정확히 반땡. 삼십만 원이다. 그다음은 네 말대로 자력갱생해."

"헤헤! 알았어."

채나가 징징대자 강 관장이 잽싸게 배당금을 줬다.

"꺼험! 이제 좀 칠 만하네. 이렇게 쉬면서 가끔 광도 팔고 해야 재밌지. 무조건 고를 하니 뭐가 되나? 자아! 청단 진 쪽 석 장에 광 두 마리. 조까 하고 홍 부장! 오천 원씩 납부해!"

강 관장이 부처님 같은 미소를 지으며 광을 팔았다.

…….

채나가 화투판에 가담한지 한 시간이나 됐을까?

강 관장 앞에는 천 원짜리 세 개, 조 회장 앞에는 달랑 천 원짜리 하나,

홍 본부장은 마지막 남은 만 원짜리를 채나에게 주고 천 원 짜리 두 장을 거슬러 받았다.

채나 앞에는 십만 원권 수표가 삼십 센티 높이로 쌓여 있었 고 만 원짜리는 그 두 배였다.

"나참! 나도 고스톱이라면 강남에서 먹어주는 놈인데 이런 고수 분은 처음 모셨네?"

"크크큭! 세 놈이 쪽 한 번 못 써."

조 회장과 강 관장이 질렸다는 표정으로 고개를 설레설레 저었다.

"헤헤헤! 오늘은 패가 잘 맞아주네."

처처척……. 채나가 다시 서툴게 화투를 섞었다.

채나는 오늘 기분이 매우 좋았다.

그래서 처음부터 끝까지 반말이었다.

노름판이기도 했고!

"야, 미스 문! 가서 돈 좀 빼 와."

조 회장이 카드를 꺼내며 짜증이 잔뜩 배어 있는 목소리로 외쳤다.

"이런 나쁜 새끼들! 곧 초상날 거라고 예행연습을 하고 있구만."

그때, (주)예음의 표기종 사장이 병색이 완연한 얼굴로 부인의 부축을 받으며 사무실에 들어왔다.

…….

갑자기 사무실의 공기가 차갑게 가라앉았다.

"누가 땄냐?"

표 사장이 희미한 미소를 머금은 채 의자에 앉으며 물었다.

"얘!"

강 관장 등이 일제히 채나를 가르쳤다.

"오오! 채, 채나 양이 왔구나?"

표 사장이 채나를 바라보며 눈이 커졌다.

"헤헤! 온 지 며칠 됐어요."

채나가 웃으면서 대답했다.

"그래그래! 잘 왔어. 아주 잘 왔어! 그러잖아도 수술 때문에 통화를 못해서 걱정했는데…….."

표 사장이 반갑게 채나 손을 잡았다.

"헤! 어린애도 아닌데요 뭐."

채나가 엉거주춤한 자세로 악수를 했다.

"잠깐만! 친구들 하고 일 좀 보고 얘기하자."

표 사장이 채나를 향해 엄지를 치켜세우며 미소를 띠었다.

사사사삭!

예쁜 손 하나가 채나 앞에 쌓였던 돈을 기계처럼 세어 정확히 삼등분해서 강 관장과 조 회장, 홍 본부장에게 나눠줬다.

"이건 내 일당!"

채나가 달랑 십만 원권 수표 한 장을 들고 일어섰다.

'에구구구! 저 환상적인 손놀림 봐라?'

'완전 타짜야, 타짜! 아까 패를 나눌 때는 일부러 서툰 척했고.'

'강 관장, 저 쪼다 시키가 프로선수를 초청했어!'

강 관장 등이 귀엽게 손을 흔들며 나가는 채나를 쳐다보며 쓴웃음을 머금었다.

채나는 진짜 선수였다.

선문의 대종사가 되려면 필히 문무(文武)를 겸비해야 했는데 선택 과목으로 잡학(雜學)을 배웠다.

짱 할아버지는 채나에게 잡학 중에서 음악(音樂)과 도술(賭術)을 가르쳤다.

막대한 돈을 투자해 카드, 마작, 화투, 당구 등의 달인을 찾아가 사사하게 했다.

하지만 채나는 음악과 달리 도술에는 별 소질이 없어서 프로 5단쯤에서 그 배움을 끝냈다.

프로 5단은 명인들의 입장에서 본 채나의 수준이었다.

당연히 보통 사람들은 채나와 게임하는 것은 불가능했다.

"미안! 많이들 기다렸지? 오전에 박 회장하고 계산을 끝냈는데 병원에 다녀오느라고 늦었어."

표 사장이 의자를 당겨 앉으며 천천히 입을 열었다.

"병원에선 뭐래?"

강 관장이 뚱한 표정으로 물었다.

"똑같지 뭐! 열심히 항암 치료하고 노력하면 삼 년은 살 거래더라. 짧으면 일 년쯤……."

…….

이번에는 아주 살벌한 침묵이 실내를 감쌌다.

췌장암 말기! 길면 삼 년 짧으면 일 년? 환장하겠네!

강 관장은 왠지 자신이 죽어 가는 것처럼 느껴졌다.

"정리되는 대로 시골로 내려가려고 해요. 아무래도 공기 좋은 산골이 애들 아빠한테 좋을 것 같아서요."

표 사장 부인이 처연하게 말을 이었다.

"그러니까 제수씨도 옛날에 결정을 잘했어야지? 그때 나한테 시집왔으면 이런 꼴 안 봤을 거 아냐!"

"후후! 그러게 말이에요."

머리 나쁜 강 관장이 되는 대로 농담을 던졌고 머리 좋은 표 사장 부인이 강 관장 수준에 맞춰 대답을 했다.

"그래! 박 회장하고는 어떻게 얘기됐어?"

홍 본부장이 말을 돌렸다.

"역시 대한민국 최고의 연예기획사 대장이더만! 홍 본부장 네 체면 때문인지 큰 거 한 장 더 주더라."

표 사장이 부인을 쳐다보며 눈짓을 했다.

"내가 무슨? 이 예음이 그만큼 탄탄한 거야! 아무튼 이제 엄청난 공룡이 탄생했네. 톱 가수 7명과 톱 탤런트 10명에 중견 배우 15명, 아이돌 그룹 사천왕과 걸그룹 아가씨들까지! 이 알토란 같은 연예인들이 몽땅 (주)P&P로 넘어갔으니……."

홍 본부장이 머리를 쓸어 넘기며 걱정인지 감탄인지 모를 말을 중얼거렸다.

홍 본부장은 아무 말이나 하지 않으면 도저히 이 분위기를 이길 수 없을 것 같았다.

그때, 표 사장 부인이 강 관장 등의 이름이 적힌 큼직한 봉투 세 개를 테이블 위에 올려놓았다

"이해해라! 허겁지겁 정리하다 보니 원금하고 이자 몇 푼밖에 넣지 못했어."

표 사장이 강 관장 등에게 봉투를 하나씩 건넸다.

강 관장과 조 회장, 홍 본부장은 표 사장과 죽마고우이기도 했지만 (주)예음의 지분을 갖고 있는 주주들이기도 했다.

표 사장이 병원에서 췌장암 말기로 시한부 생명임을 선고받자 회사를 정리하여 주주들에게 그 지분을 돌려준 것이다.

쉽게 볼 수 없는 우울한 장면이었다.

강 관장이 조 회장의 봉투를 낚아챘다.

봉투에서 천만 원짜리 수표 다섯 장을 꺼내 표 사장에게 던졌다.

"조까가 주는 조의금이다. 살아 있을 때 쓰고 죽어!"

강 관장이 다시 봉투를 조 회장에게 던졌다.

"큭! 개새끼가 남에 돈 가지고 생색은 꼭 지가 내요?"

조 회장이 쓴웃음을 흘리며 봉투를 품에 넣었다.

"새끼가? 재산이 천억도 넘는 놈이 돈 몇천 가지고 이빨을 까……"

강 관장이 으르렁거렸다.

"하여튼 세상 이상해? 강 관장 같은 새끼는 안 뒈지고 꼭 표 사장처럼 세상에 필요한 놈들이 먼저 간다니까. 흐흐!"

"걱정 마, 임마! 내가 기종이 다음 타자야."

"오냐! 제발 귀찮게 하지 말고 빨리 좀 가라."

툭툭!

강 관장과 조 회장이 오래된 장난인 듯 주먹을 교환했다.

홍 본부장이 표 사장이 자신에게 준 봉투를 열었다.

"됐어! 네 몫까지 조까가 줬잖아."

강 관장이 홍 본부장의 손을 잡았다.

표 사장이 조 회장을 보며 눈짓을 했다.

"먼저 들어갑니다, 제수씨!"

"조심해 가세요!"

조 회장과 홍 본부장이 손을 흔들며 사무실을 나갔다.

"난 삼천밖에 못 줘! 우리 애 세계 타이틀 있어."

강 관장이 천만 원짜리 수표 석 장을 표 사장에게 던졌다.

"자식……. 이 신세는 당장 갚으마."

표 사장이 쓸쓸하게 웃으며 인터폰을 눌렀다.

채나가 다시 사무실로 들어왔다.

"이 친구를 잘 키워봐! 너를 조 회장보다 열 배는 부자로 만들어줄 거야. 평생 동안 나를 지켜줬던 친구에게 주는 마지막 선물이다."

"……!"

강 관장은 세계 챔피언 7차 방어전 때 바비 폭스한테 맞은 핵주먹보다 백 배는 큰 충격을 받았다.

세상에서 표 사장을 제일 잘 아는 사람은 옆에 서 있는 부인이 아니라 강 관장이었다.

같은 마을 바로 옆집에서 태어나 같이 자라고 지금까지 같이 하는 친구!

이런 상황에서 표 사장은 절대 농담을 하는 사람이 아니었다.

"채나 양! 내가 돌봐줘야 하는데 몸이 안 좋아서……. 미안해! 대신 강 관장을 따라가. 나보다 훨씬 빨리 세계 챔피언으로 만들어 줄 거야. 고스톱은 세계에서 제일 못 치지만 세계에서 제일 믿을 수 있는 사람이야. OK?"

"OK!"

"OK!"

짝!

채나와 강 관장이 하이파이브를 했다.

친구의 죽음으로 맺어진 인연!

죽음만큼이나 필연인 인연이었다.

5장

죽음만큼 필연인 인연

봄비를 맞으면서 충무로 걸어갈 땐 쇼윈도 그라스엔 눈물이……

이슬처럼 맺힌 꿈속에는……. 어느 님이…….

어둑어둑해진 충무로의 한 레코드 가게에서 70년대 히트가요인 〈전영의 서울야곡〉이 흘러나왔다.

오늘처럼 봄비가 내리는 충무로의 밤에 딱 어울리는 노래였다.

툭!

충무로를 지나 명동의 성모병원 앞을 걸어가던 강 관장의 눈에서 눈물이 떨어졌다.

타타탁!

강 관장이 천천히 뛰기 시작했다.

채나가 스노우를 내려놓고 신발 끈을 조였다.

타박타박!

강 관장이 명동을 지나서 서울역 쪽으로 방향을 틀었다.

눈물이 주룩주룩 흘러내렸다.

'씨발놈! 이렇게 허무하게 갈 바에야 뭐하러 세상에 태어났대?'

강 관장이 만리동 고개를 지나 마포로 접어들었다.

봄비치고는 빗방울이 제법 굵었다.

'쪼다 같은 새끼! 이제 먹고 살 만하니까 뒈지네.'

강 관장과 (주)예음의 표기종 사장과는 친구들 중에서도 각별히 친했다.

강 관장이 WBA 세계타이틀을 획득했을 때 제일 먼저 만세를 부른 사람이 부모 형제가 아니라 표 사장이었다.

표 사장은 친구이자 가장 큰 후원자였다. 그렇게 가까웠던 친구를 내년쯤에는 더 이상 볼 수 없다니 가슴이 찢어졌다.

강 관장이 거추장스러운 듯 양복 윗도리를 벗어 던졌다.

채나가 양복을 주워 들었다.

강 관장이 어둠에 쌓인 채 비가 내리는 한강대교를 힘차게 뛰어갔다.

울면서……. 울면서…….

채나가 그 뒤를 따라 달리고 눈처럼 하얀 고양이 스노우가 아장아장 쫓아갔다.

헉헉헉!

강 관장이 숨이 차는 듯 영등포 문래동 고가도로 위에서 걸음을 멈췄다.

채나가 미소를 띠면서 양복 윗도리를 내밀었다.

"큭큭! 표기종이 말대로 물건이구나! 충무로에서 여기까지 따라오기가 쉽지 않았을 텐데?"

강 관장이 양복 윗도리를 받으면서 말했다.

"헤헤……. 별로!"

채나가 어깨를 으쓱했다.

툭툭! 강 관장이 채나의 어깨를 두드렸다.

"오냐! 삼 년만 죽자고 따라와. 세계 챔피언으로 만들어주마."

이천 년대부터 세계적으로 여자복싱과 종합 격투기가 유행하기 시작했다.

덕분에 강 관장은 표 사장이 채나를 여자복싱 선수로 추천한 것으로 착각했다.

"택시!"

강 관장이 동양공대 앞에서 택시를 잡았다.

*　　　*　　　*

밤 아홉 시쯤 개인택시 한 대가 경기도 광명시 사거리에서 멈췄다.

강 관장과 채나가 택시에서 내렸다.

강 관장이 광명시청 방향으로 천천히 걸어갔다.

오 분쯤 지났을 때 큼직한 오층 건물이 앞을 막아섰다.

"큭큭……. 이놈 동주빌딩! 내가 평생 동안 매품을 팔아서 번 전 재산이다. 늠름하지?"

강 관장이 오층 건물을 쳐다보며 흐뭇하게 말했다.

"우리 집보다 작네."

채나가 동주빌딩을 흘어보며 특유의 단답형 대답을 했다.

'이 시키가?'

강 관장이 샐쭉하며 채나를 째렸지만 채나 말은 사실이었다.

채나가 말한 우리 집은 동대문에 있는 채나빌을 뜻했다. 크기도 크기였지만 서울 한복판에 있는 채나빌과 광명시에 있는 동주빌딩과는 땅값 자체가 틀렸다.

지하는 노래 연습실, 1층은 슈퍼, 2층은 권투 체육관, 3층은 강동주 체육관과 캔 프로 사무실 겸 헬스클럽, 4층은 선수 숙소, 5층은 살림집이 자리 잡은 빌딩으로 연건평 6백 평은 족히 넘는다고…….

강 관장이 열심히 설명하며 자랑했다.

"헤에! 노래방 좋네. 서비스로 음료수도 주나?"

강 관장이 동주빌딩에 대해 늘어지게 자랑을 한 후 빌딩 여기저기를 안내해 줄 때 채나가 지하실에 있는 노래 연습실을 구경하면서 딱 한마디 했다.

'이 스키……. 쫌 마음에 안 드네?'

강 관장은 손님들이 오면 2층 권투 체육관과 지하 노래 연습실은 꼭 구경시켰다.

대한민국 어디를 가도 쉽게 찾아 볼 수 없는 초현대식 시설들로 꾸며 놓았기 때문이었다. 당연히 손님들은 입에 거품을 물고 찬사를 보냈다.

특히 노래 연습실은 친구인 DBS의 홍 본부장을 협박하다시피해서 방송사에서 쓰던 음향기기와 악기들을 불하받아 만들어 놓은 최첨단 연습장이었다.

근데, 채나는 만 원에 두 시간짜리 노래방처럼 말을 던졌으니 강 관장이 뚜껑이 열리는 것은 당연했다.

강 관장은 아직 채나를 몰랐다.

채나는 노래 연습실이 정말 마음에 들었다.

미국에서도 조차 보지 못했던 눈이 번쩍 뜨이는 연습실이었기 때문이다.

방금 말은 채나식 조크였다.

뒤통수에서 아지랑이가 피어오르는 강 관장이 채나를 급히 2층에 있는 권투체육관으로 데리고 올라갔다.

운동을 하는 놈들은 이 체육관을 보면 백이면 백 뽀글뽀글 거품을 물고 흥분했다.

"관장님, 나오셨어요?"

"안녕하세요, 관장님!"

체육관 여기저기서 운동을 하던 오십여 명의 관원이 인사를 했다.

백 평이 훨씬 넘을 듯한 이 강동주 체육관은 양편에 두 개의 사각 링이 자리 잡은 전형적인 권투 체육관으로 강 관장의 피와 땀이 서려 있는 장소였다.

"어떠냐! 멋있지?"

강 관장이 관원들의 인사를 받으며 체육관 여기저기를 안내했다.

"좁다……. 좀!"

채나가 다시 단답형으로 대답했다.

'뭐? 좁다 좀? 120평짜리 초현대식 권투 체육관을 보

고…….이 자식이 사람 콧구멍 쑤시네!'

강 관장이 확실하게 뚜껑이 열렸다.

사실 이 강동주 체육관은 우리나라에서는 보기 드물게 시설이 좋은 권투 체육관으로 다른 체육관에 비해 입관비나 월회비가 두 배 이상 비싼 곳이었다.

더욱이 캔 프로모션에서 데리고 있는 세 명의 세계 챔피언과 네 명의 동양 챔피언, 일곱 명의 한국 챔피언 등은 모두 이 체육관 이 장소에서 실력을 갈고 닦아 챔피언에 등극했던 것이다.

'근데, 이 자식이 이런 신성한 장소를 말이야!'

강 관장은 정말 채나를 모르고 있었다.

채나가 특전무술 조교로 알바를 뛰던 미국 중부군사령부의 체육관은 한꺼번에 천 명의 병사를 수용할 수 있을 만큼 넓었다.

채나는 그 체육관과 비교를 했던 것이다.

강 관장이 뻗쳐오르는 열을 간신히 억누르며 채나의 전신을 흘어봤다.

"호오? 좋아! 체격이 아주 좋은데! 주니어 플라이, 플라이까지도 충분히 커버되겠어."

강 관장이 흡사 병무청의 징병관처럼 채나의 신체를 검사하며 만족감을 표시했다.

더불어 뒤통수에서 활활 뿜어지던 수증기가 조금씩 흐려
졌다.

"어디 펀치를 좀 볼까? 이 빽을 힘껏 쳐봐. 백 프로 힘을 줘
서 쳐!"

강 관장이 눈을 빛내며 말했다.

채나가 까치발을 든 채 어깨를 흔들며 마치 삼류 건달 같은
걸음으로 샌드백 쪽으로 다가갔다.

빡!

채나가 허리를 가볍게 숙이고 양손을 뻗어 샌드백을 때렸
다.

샌드백이 90도 각도로 꺾였다.

빠빡!

채나가 계속해서 샌드백을 때렸다.

샌드백이 허공 높은 곳까지 올라가 뒤집어질듯 휘청거렸
다.

"오오— 죽이는 펀치다! 거의 현역 시절 강동주야!"

지켜보던 강 관장과 관원들이 눈이 야구공만큼 커졌다.

'세, 세상에 샌드백이 90도 이상 꺾여?!'

'저 조그만 한 체구 어디서 저런 엄청난 파워가 나오지?'

권투체육관에 가서 샌드백을 쳐본 사람은 알지만 웬 만큼
때려서는 까딱도 않는다.

한데, 채나는 지금 그 작은 체구로 샌드백을 때려 그네처럼 움직이게 만들었던 것이다.

강 관장의 뒤통수에서 뿜어지던 수증기는 정말 수증기처럼 사라졌다.

"좋아좋아, 좋아! 내가 직접 펀치를 받아보지? 야, 오 코치! 미트 좀 줘봐."

"예! 관장님."

강 관장이 양복 윗도리를 벗으며 꽃무늬 남방의 소매를 걷어붙였다.

이어 오 코치가 커다란 가죽장갑처럼 생긴 미트를 강 관장 손에 끼어줬다.

팡팡!

강 관장이 미트를 가볍게 때리며 자세를 잡았다.

"자! 내 손바닥을 때려봐. 있는 힘껏 때려!"

채나가 허리를 가볍게 굽힌 채 비호처럼 다가가 강 관장의 미트를 때렸다.

꽈다다당!

강 관장이 저만큼 나가떨어졌다.

"……?"

강 관장이 체육관 바닥에 주저앉아 어이없는 표정으로 한참 동안 채나를 쳐다봤다.

"끅끅끅! 기종이 새끼가 미국에서 데려왔다더니 여자 타이슨을 수입해 왔네."

강 관장이 벌떡 일어섰다.

"자아! 한 번 더!"

강 관장이 다시 허리를 숙인 채 스텝을 밟으며 미트를 뻗었다.

채나가 빠르게 주먹을 날리자 강 관장이 미트를 요리조리 흔들며 피했다.

채나가 부드럽게 스텝을 밟으며 강 관장을 쫓아가 미트를 때렸다.

꽈당!

강 관장이 다시 몸을 가누지 못하고 쓰러졌다.

"으핫핫핫핫! 진짜 괴물이 들어왔어, 괴물이!"

강 관장이 미트를 벗어 던지며 바닥에서 일어났다.

"기대해도 좋다! 딱 일 년 뒤면 우리 강동주 체육관에 세계 챔프 하나가 또다시 태어날 거야!"

와아아아……. 짝짝짝!

구경하던 관원들이 환호성을 지르며 박수를 쳤다.

"야! 오 코치!"

"예! 관장님."

"애, 내일 당장 협회에 가서 선수 등록시켜! 프로 테스트 따위는 받을 필요 없고."

"알겠습니다, 관장님! 내일 아침 일찍⋯⋯."

"저어기⋯ 나는 권투 선수 지망생이 아니라 가수 지망생인데?"

채나가 급히 오 코치 말을 중간에서 끊었다.

"무, 무슨 지망생?"

강 관장이 채나 말을 못 알아들은 듯 눈을 좁히며 다시 한번 물었다.

"가.수.지.망.생!"

채나가 이번에는 또박또박 끊어서 말했다.

"뭐어어어? 가수우우 지망생? 가수 지망생?"

강 관장이 펀치 드렁크가 도진 듯 마구 비명을 질렀다.

"응! 표 사장님이 한국에서 가수로 키워주신다고 하셨거든."

채나가 아까와는 전혀 다르게 부드럽고 길게 대답했다.

"아이이이구— 미치겠네! 너처럼 고도의 순발력과 가공할 펀치를 겸비한 대물이 무슨 가수야 가수는? 당장 때려치우고 권투해, 임마!"

강 관장이 바락바락 소리를 질렀다.

"헤헤! 내 꿈이 가수나 배우 같은 연예인이 되는 거라서⋯⋯."

채나가 겸연쩍게 말했다.

"푸후! 표 사장이랑 그렇게 약속했다면 별수 없지."

강 관장이 아끼는 명품이라도 잃어버린 듯 한숨을 길게 쉬었다.

"좋아! 뭐 우리 캔 프로에서 연예인을 키우지 않는 것도 아니고, 가수 지망생이라니까 노래는 잘하겠지?"

"쪼끔 해!"

"알았어! 당장 오디션이다. 노래를 불러봐! 여기서 떨어지면 무조건 권투를 해야 돼. 권투! 알았어?"

강 관장이 끝내 미련을 버리지 못하고 채나에게 다짐을 받았다.

"근데, 어떤 노래를 해?"

채나가 눈을 반짝이며 물었다.

"아무거나! 가요든 팝송이든 니가 부르고 싶은 노래를 불러봐. 이 몸도 젊었을 때 가수협회에 이름까지 올렸던 사람이야. 내가 박살 낸 기타만 해도 백 대가 넘는다구. 너 같은 신인 정도는 충분히 심사할 수 있어!"

사실이었다.

강 관장이 세상에서 제일 잘하는 게 권투였고 그다음 잘하는 게 노래였다. 가장 못하는 것은 고스톱이었고.

젊을 때 노래하는 복서로서 화제가 됐던 적도 있었을 만큼 연예인 기질이 넘쳤다.

지금도 그때 미련이 남아 캔 프로모션에서는 권투 선수뿐만 아니라 연예인 몇 명도 키우고 있었다.

지하실에 있는 노래 연습실도 그런 이유에서 만들어 놨고!

―아주 많이 사랑했죠. 밤새 애길 나누고…….

채나가 체육관에 있는 링에 올라가 마이크 대신 14온스짜리 권투 글러브를 들고 노래를 시작했다.

……

한순간 소란했던 체육관이 냉수뿌린 듯 조용해지면서 강 관장을 비롯한 관원들이 일제히 채나를 쳐다봤다.

채나가 노래를 시작한 지 오 초쯤 지났을까?

슉!

아주 예쁘면서도 날카로운 소리가 강 관장의 귓속을 파고들었다.

귓속을 시원하게 청소한 소리는 머릿속으로 번지면서 뇌리를 깨끗하게 휘젓고 지나가 가슴을 뻥 뚫어주고 종내는 전신으로 퍼졌다.

부르르르…….

갑자기 강 관장이 추운 듯 양손으로 몸을 비비며 전신을 떨었다.

'퍼, 펀치 드렁크가 또 시작된 거야? 아니지! 그건 대갈통

이 뽀개지도록 아픈데 이건 온몸이 시원해지면서 꿈속을 거니는 듯……. 저놈! 저놈 목소리가 범인이닷!'

강 관장이 머리를 흔들었다.

"그, 그만! 거기까지!"

강 관장이 한 손을 번쩍 들었다.

"왜? 겨우 한 소절 끝났는데……."

채나가 뚱한 표정으로 강 관장을 바라봤다.

"소속사 대표로서 가수 김채나에게 첫 번째 지시를 하겠다. 너는 앞으로 어디서 노래를 부르든 절대 공짜로 노래를 부르지 마라! 그 누구든 네 노래를 듣고자 한다면 돈을 지불해야 할 것이다. 그것도 아주 많이!"

강 관장이 최종 판결문을 읽는 대법원 판사처럼 우렁차게 선언했다.

"헤헤헤! 그럼 오디션 통과한 거네?"

채나가 몹시 기분이 좋은 듯 특유의 맹한 웃음을 흘렸다.

"오냐! 네 노래는 지금까지 내가 맞아 본 그 어떤 주먹보다 강했다. 아주 멋진 펀치였어!"

강 관장이 오른손을 불끈 쥐었다.

'아후후후! 관장님 진짜 나쁜 엑스! 나쁜 엑스 곱하기 4! 일절이라도 좀 듣게 해주지? 난생처음 들어보는 죽이는 목소리였는데…….'

체육관원들이 일제히 강 관장을 잡아먹을 듯 째려봤다.

"이왕 무대에 올라갔으니 우리 체육관 애들 애국심도 고취시킬 겸 애국가 일 절만 부르고 내려와!"

강 관장이 체육관원들의 압력을 이기지 못하고 한마디 한 뒤 몸을 돌렸다.

"후! 좋아."

채나가 환하게 웃으며 가슴에 손을 얹었다.

―동해물과 백두산이 마르고 닳도록 하느님이 보우하사 우리나라 만세! 무궁화 삼천리 화려 강산…….

채나가 링 위에 서서 땀내 나는 권투 글러브를 마이크 삼아 서슴없이 애국가를 불렀다.

휙! 강 관장이 다시 몸을 돌렸다.

"뭐뭐뭔 애국가가?!"

강 관장은 오랫동안 권투 선수 생활하면서 애국가를 수백 번 들었다.

삼류 가수부터 일류 가수들이 부르는 애국가.

하지만 지금 채나가 부르는 애국가처럼 맑고 화려한 애국가는 들어본 적이 없었다.

강 관장은 채나가 부르는 애국가를 듣는 순간 갑자기 매국노가 된 기분이었다.

강 관장은 앞으로 대한민국을 위해 무조건 충성하겠다는

맹세를 했다.

채나가 부르는 애국가가 그렇게 명령했다.

채나는 애국가를 일 절이 아니라 사 절까지 불렀다.

그리고 링에서 내려왔다.

…….

그때까지도 강동주 체육관원들 누구도 입을 열지 못했다.

'우리 지금 애국가 뮤직 비디오 본 거 맞지? 옛날에 극장에서 영화 시작하기 전에 들었던 그 애국가!'

'저 자그마한 체구에서 어떻게 저런 목소리가 뿜어져 나오지? 마치 체육관이 스피커처럼 울려!'

'어떻게 저렇게 노래를 잘 부를 수 있냐? 차가우면서도 예쁘고 날카로우면서도 화려한 목소리……. 쟤가 무슨 가수 지망생이야? 이미 가수 챔피언이구만!'

채나가 부르는 애국가를 들은 강동주 체육관원들은 일제히 채나를 가수 챔피언에 등극시켰다.

"헤헤! 마이크 좋았어."

채나가 권투 글러브를 오 코치에게 던졌다.

와구와구!

채나가 간짜장 곱빼기를 간단히 해치운 후 탕수육으로 건너갔다.

"이 집 탕수육 맛있네. 소스도 좋고!"

채나가 달포쯤 굶은 사람처럼 탕수육을 먹었다.

타탁탁!

강 관장이 오른손 주먹으로 왼쪽 손바닥을 계속해서 때렸다.

아주 중요한 결정을 할 때 나오는 버릇이었다. 이 버릇이 나오면 꼭 세계 타이틀 매치가 이뤄지곤 했었다.

강 관장은 벌써 십 분 동안이나 손바닥을 치며 사무실을 맴돌았다.

한순간 강 관장이 열심히 탕수육을 해치우고 있는 채나를 쳐다봤다

'저놈이 나를 조까보다 열 배 이상 부자로 만들어 줄 놈! 1조 원짜리 괴물이란 말이지? 오냐! 그 빗속에서 나를 쫓아올 때 알아봤다. 어떤 가수가 충무로에서 영등포까지 뛸 만한 체력과 폐활량을 가지고 있겠냐?

쫙쫙쫙!

강 관장이 서류 한 장을 거침없이 찢었다.

채나가 탕수육을 입에 문 채 의아한 눈초리로 강 관장을 쳐다봤다.

"표 사장과 네가 쓴 계약서다. 난 이런 종잇조각은 절대 믿지 않아."

강 관장이 찢어진 서류 조각을 휴지통에 던졌다.

"나는 앞으로 가수 김채나에게 이 강동주 빌딩을 비롯한 모든 것을 투자하겠다. 너는……."

드르륵!

강 관장이 사무실 창문을 활짝 열어젖히며 채나에게 손짓했다.

"나를 저 빌딩의 주인으로 만들어다오!"

강 관장이 광명사거리에 있는 25층짜리 경기은행 건물을 가리켰다.

"응!"

채나는 아주 짧게 대답했다.

강 관장과 채나는 그렇게 계약했다.

입으로 하는 구두계약!

도장은 두 사람이 주먹을 마주치는 것으로 대신 찍었다.

훗날 사람들은 이 계약을 지상 최대의 노예 계약이라고 했다.

서류 한 장 없는 지상 최대의 노예 계약이 막 끝났다.

"너 노래 언제부터 불렀냐? 내 통박으로는 거의 이십 년산이야."

강 관장이 채나와 마주앉아 불어터진 짬뽕을 먹으며 물었다.

"헤! 족집게네. 어릴 때부터 노래 부르는 걸 무지하게 좋아했어.

새벽부터 오밤중까지 거리를 쏘다니며 노래를 부른 적도 있고!"

채나가 향긋한 탕수육 소스를 쟁반에 부으면서 대답했다, 자신의 노래 경력을 아주 세세히 설명을 하면서.

"호오! 그럼 자작곡도 꽤 있겠구나?"

"헤헤헤! 어릴 때 작곡한 동요까지 합치면 한 백곡쯤 돼. 아무 때고 악상이 떠오르면 악보로 옮겨 놨으니까! 참?"

갑자기 채나가 입술을 훔치며 벌떡 일어섰다.

"이 곡 한번 들어 볼래? 아직 멜로디뿐인데 재미있을 거야!"

"······?"

─라라라라라··· 라랏··· 라라라라랏··· 랏라라라······.

채나가 지휘를 하듯 손을 흔들며 멜로디를 읊었다.

"커커컥!"

강 관장이 눈이 커지며 마른 비명을 토했다.

"헤헤! 괜찮지? 아까 빗속에서 관장님 뒤를 쫓아오면서 작곡한 곡이야."

강 관장은 왜 자신이 복서로서는 성공을 했고 가수로서는 성공을 못했는지 지금 채나를 보고서야 알았다.

방금 전 채나가 읊은 멜로디에는 친구의 죽음을 지켜보는 자신의 비장한 심정이 그대로 담겨 있었다.

한 사내가 빗속에서 울부짖으며 거리를 방황하는 모습이 그림처럼 떠올랐다.

'이, 이런 음악의 귀재들과 내가 경쟁을 해? 쪼다 광 팔고 있네!'

채나가 부른 이 노래는 〈남자의 꿈(Dream of man)〉이라는 곡목으로 한국을 비롯한 세계 각국 남성을 울린 메가 히트곡이 되어 오랜 시간 동안 사람들의 뇌리를 흔들었다.

물론 그때가 오려면 아직 시간이 좀 더 남아 있지만.

채나는 강 관장이 계속되는 질문에도 평소와 달리 부드럽고 사근사근하게 대답했다.

탕수육을 먹다가 자신이 작곡한 노래를 들려줄 만큼 친절했다.

채나가 제일 좋아하는 얘기가 케인에 관한 것이고, 두 번째 좋아하는 얘기가 음악에 관한 것이었다.

지금 강 관장은 음악에 대해 묻고 있었다.

"MR이나 AR도 준비돼 있고?"

강 관장이 짧게나마 가수 생활을 한 사람답게 전문용어를 썼다.

MR은 목소리를 뺀 음악만 녹음된 것.

AR은 목소리와 음악이 함께 녹음된 것을 말한다.

"아후! 기본이지. 가수지망생이 그런 것도 없으면 어떡해 해? AR 열 곡쯤은 한국어 버전과 영어 버전으로 만들었어. 내가 직접 믹싱하고 프로듀싱한 곡도 있어!"

목소리와 곡이 잘 어울리게 하는 작업을 믹싱이라 하고 노래 전체를 감독하는 것을 프로듀싱이라 한다.

물론 드라마나 연극 등을 감독하는 프로듀싱 분야도 있다.

틱! 강 관장이 큼직한 열쇠 하나를 채나에게 던졌다.

"노래 연습실 키다! 다음 주에 오디션이 있을 거야. MR 몇 곡 준비하고 목을 충분히 풀어놔."

"헤헤! 나 데뷔하는 거야?"

채나가 흥분되는 듯 얼굴을 붉혔다.

"데뷔? 그건 임마, 신인들이 하는 말이고! 너는 지금부터 대한민국 가요계를 평정하러 간다."

끄윽!

강 관장이 트림으로 구호를 대신했다.

"우헤헤헤헤! 우리 관장님 쩐다, 쩔어!"

"녀석!"

채나가 엄지를 치켜들며 환호를 하자 강 관장이 아빠 미소를 지으며 일어섰다.

"근데, 족발 하나 더 시키면 안 될까? 요기 그 유명한 장충

동 왕족발 집이 있던데."

비틀!

강 관장의 펀치 드렁크가 도졌다.

'이, 이 녀석 먹성도 세계 챔피언이었어! 나쁜 표기종이 놈!
이런 얘기는 안 해주고?'

표 사장이 얘기 안 해준 것은 또 하나 있었다.

채나가 지구 최고의 총잡이라는 것!

*   *   *

한국 마사회는 정부가 100% 출자한 국영 기업체였다.

한국 마사회라는 말이 익숙하지 않은 사람도 경마장이라
고 하면 쉽게 알아듣는다.

인간이 만들어 낸 도박 중에 가장 재미있는 도박이 경마라
고 한다.

그 경마를 주관하는 단체가 바로 한국 마사회였다.

작년 2001년 매출액이 억을 지나 조가 넘었다고 하니 엄청
난 회사임에 틀림없었다.

그 한국 마사회에서 경마라는 도박장 이미지를 쇄신하고
비 인기 스포츠 종목을 배려한다는 차원에서 홍보실 산하에
유도, 사격, 탁구 등 세 개 종목의 실업팀을 운영하고 있었다.

돈이 많은 회사인 만큼 입단한 선수들에게도 최고 대우를 해줘서 입단 경쟁이 아주 치열했다.

　한국 마사회에서 유도나 사격, 탁구 선수로 입단해 주전으로 뛰려면 최소한 청소년 대표는 거쳐야 얘기가 된다니 가히 그 위상을 짐작할 만했다.

　이 세 개 부서의 실무 책임자인 한국 마사회 홍보실 손명한 실장은 일주일 전부터 전화 받는 게 일이었다.

　세계적인 사격선수 채나 킴!

　한국 마사회 사격단 코치 겸 선수로 입단 확정!

　이란 짧은 기사가 스포츠신문에 실린 후 벌어진 사단이었다.

　뭐, 채나 킴 선수의 한국 마사회 입단을 축하하고 환영한다는 전화라면 손 실장도 기분 좋게 받았을 것이다.

　또 오늘처럼 경마가 없는 평일 전화를 했다면 내용이 좀 떫어도 성의껏 들어줬을 것이다.

　한데, 대상경주까지 겹쳐 10만여 명의 인파가 몰아치는 주말 오후에 전화를 해서 환영 인사는 딱 삼 초 정도였고 나머지 오 분에서 십 분은 듣기에 아주 거북한 충고인지 명령인지 아리송한 말들을 해댔으니 기분이 영 더러웠던 것이다.

입단식은 가급적 빨리 하는 게 좋지 않겠느냐?

입단식에 초청장은 되도록 많이 발송하는 게 좋지 않겠느냐?

현수막은 크게 맞추고 오랫동안 걸어두는 게 좋지 않겠느냐?

안양 훈련원 숙소를 이번 기회에 한 번 점검을 하는 것은 어떠냐?

채나 킴 정도의 스타면 만국기 정도는 걸어줘도 되지 않느냐?

계약서는 명확히 작성을 했느냐?

계약서 사본을 좀 보내줬으면 하는데 어떻게 생각하느냐?

등등.

아주 구체적인 질문이었고 언뜻 들으면 잔소리였고 새겨들으면 명령이었다.

정말 성질 같아서는 모든 전화를 씹고 채나 킴 선수의 입단도 없던 일로 하고 싶었다.

성질 같아서는 그렇다는 말이다.

"예! 부회장님! 예예! 즉시 조치를 취하겠습니다."

손 실장이 공손히 전화를 끊고 벌렁 의자에 기댔다.

그러나 그의 현실은 이럴 뿐이고.

"미치겠군! 도대체 어느 정도 고위층에서 말이 내려오기에

부회장님께서 직접 현수막 크기를 확인하시는 거지?'

이십 년 전 십 대 일의 경쟁률을 뚫고 한국 마사회에 입사한 손 실장의 명석한 머리가 빠르게 돌아가기 시작했다.

삐익!

인터폰이 울렸다.

"뭐야?"

"예! 실장님, 주한 미군사령관 비서실이라는데요. 채나 킴 선수 입단식 할 때 초청장을 발송하느냐고 묻는데요?"

"초청장은 따로 발송하지 않는다고 해! 자세한 사항은 잠시 후에 팩스로 알려드린다고 전하고."

"알겠습니다, 실장님!"

손 실장이 인터폰을 끄며 벌떡 일어섰다.

"어제는 중국과 일본의 고위층에서 문의가 오더니 이제 주한 미군 사령관 비서실에서까지 문의가 와? 이거 내가 오판을 해도 단단히 했어. 채나 킴 선수는 내가 상대할 군번이 아니야!"

손 실장이 한 박자 늦게 상황을 파악하고 황급히 사무실을 나섰다.

정문에 걸린 현수막을 살펴보기 위해서였다.

이때 손 실장보다 한발 먼저 현수막을 살펴보는 사람이 있었다.

"헤! 김채나 선수의 한국 마사회 사격단 입단을 환영합니다? 아주 멋진 플랜카드네. 글씨도 예쁘고!"

채나가 큼직한 가방을 어깨에 메고 등록상표인 야구점퍼에 야구 모자를 쓴 채 군청색 가죽바지에 앵클부츠를 신고 한국 마사회 정문 앞에 걸린 현수막을 쳐다보고 있었다.

"우혜혜혜! 내가 드디어 한국에서 선수 생활을 시작하는 건가?"

채나가 콧노래를 부르며 정문 경비실로 다가갔다.

채나는 지금 기분이 너무 좋았다.

사실 채나는 한국에 들어온 요 며칠 사이 엄청난 컬쳐 쇼크, 문화적 충격을 받았다.

기내에서 인터뷰 연습까지 했던 채나는 공항에서 테러리스트로 오인 받아 몇 시간을 잡혀 있었지만 그래도 한편으로는 은근히 기대를 했다.

서울에 들어가면 많은 사람이 자신을 알아봐 주고 어느 정도 스타로써 대우를 해줄 줄 알았던 것이다.

대단한 착각이었다.

모국인 한국에서는 채나가 지구 최고의 총잡이로 불리는 세계적인 사격선수요, 스포츠계의 슈퍼스타라는 것을 아는 사람이 극히 드물었다.

아니, 전무하다는 표현이 옳았다.

충무로에서 서울 시내 한복판을 가로질러 영등포까지 뛰어가도 동대문 시장을 뺑뺑 돌고 종로 통을 헤매도 누구하나 채나를 알아봐 주는 사람이 없었다.

한데, 한국 마사회에서는 자신을 알아주고 현수막까지 걸어 환영해 줬으니 감회가 남달랐던 것이다.

그 감회도 딱 이십 분짜리였다.

"저기 말 좀 물을게요."

"아, 예! 어서 오십시오! 연락 받았습니다."

채나가 운을 떼자마자 가슴에 도창규라는 명찰을 달고 있는 청원경찰이 거수경계를 하며 대답했다.

"지금부터 가실 곳은 여기서 오십 미터쯤 올라가시면 건물이 두 개가 나옵니다. 좌측 건물로 가시면 됩니다."

멋진 제복을 걸친 청원경찰이 씩씩하게 안내를 해줬다.

"고마워요. 도 청경 아저씨!"

"하하! 열심히 하십시오."

채나가 귀엽게 인사를 하자 도 청경이 다시 거수 경계로 인사를 받았다.

"무지 귀엽게 생겼네! 정식 기수가 돼서 경기에 나서면 인기 꽤나 끌겠다."

도 청경이 채나를 쳐다보다 정문에 붙은 현수막으로 시선을 돌렸다.

도 청경이 쳐다본 현수막은 채나의 마사회 입단을 환영하는 현수막 밑에 붙어 있는 '경 제27기 한국 마사회 기수학교 개교 축' 라고 쓰여 있는 현수막이었다.

세상에 존재하는 수많은 운동 경기 대부분 키가 크고 몸무게가 많이 나가는 사람이 유리하도록 만들어져 있다.

그래도 키가 작은 사람들이 유리한 운동이 몇 가지 있었는데 그중 대표적인 것이 경마와 기계 체조다.

특히 경마 기수는 아예 선발할 때부터 키가 160센티 이상이 아니라 이하를 기준으로 정한다.

당연히 한국 마사회 정문을 경비하는 도 청경으로서는 채나를 기수 후보생으로 착각할 수밖에 없었다.

물론 도 청경이 태능선수촌에서 근무를 했다면 채나를 기계 체조선수로 착각했을 것이다.

채나는 한국에서의 선수 생활을 사격이 아니라 경마 기수 후보생으로 시작하고 있었다.

"예에! 회장님! 지금 정문으로 내려가고 있습니다. 예! 알겠습니다! 안양 사격장도 제가 직접 점검하겠습니다, 회장님!"

홍보실 손명한 실장이 휴대폰을 든 채 부하 직원 두 명과 함께 본관을 벗어나 막 정문 쪽으로 접어들고 있었다.

"으흐흐! 이거 용궁 갔다 왔네. 결국 회장님까지 나서셨어!"

손·실장이 휴대폰을 끄며 진절머리를 쳤다.

두두두두!

바로 그 순간이었다.

저편 언덕 쪽에서 세 필의 말이 미친 듯이 손 실장이 걸어가는 길을 향해 달려왔다.

두두두두!

"거기 비켜요! 비켜비켜─!"

작업복을 걸친 네 명의 사내가 말들을 쫓아오며 고함을 쳤다.

"시, 실장님! 뒤! 뒤!"

"왜? 뭐가 묻었어?"

부하직원이 자신을 부르며 뒤를 외치자 손 실장은 자신의 양복 뒤에 뭔가 묻은 것으로 착각하고 고개를 돌렸다.

히히힝!

찰나 점박이 말이 요란하게 울어대며 손 실장을 덮쳤다.

"헉"

손 실장이 마른 비명을 토하며 그대로 땅 바닥에 나뒹굴었다.

"타합!"

채나가 엄청난 기합소리와 함께 날아와 양팔을 쫙 벌린 채 손 실장 앞을 막아섰다.

김포공항에서 권총을 빼는 진만범 원사의 손목을 낚아챌 때 바로 그 빠르기였고 그 위용이었다.

히힝힝!

두두두둑…….

점박이 말이 양발을 허공으로 솟구치며 속도를 줄였다.

"오라, 오라, 오라! 괜찮아, 괜찮아! 그래, 그래……."

채나가 양팔은 벌린 채 미소를 띠며 점박이 말을 달랬다.

히히힝! 두두두둑!

연이어 두 필의 말이 달려와 채나 앞에서 멈추며 제자리걸음을 걸었다.

"오라, 오라! 무서워하지 마! 여긴 너희를 괴롭힐 사람이 없어."

채나가 양손을 벌린 채 세 필의 말을 조심스럽게 한곳으로 몰았다.

"어? 너 아프구나!"

채나가 점박이 말의 고삐를 잡으며 얼굴을 찌푸렸다.

"어디… 발?"

채나가 점박이 말과 대화를 나누는 듯하더니 서슴없이 말 옆에 주저앉았다.

"봐봐! 이쪽 발이야?"

채나가 쪼그려 앉아 점박이 말의 한쪽 발을 들어올렸다.

"헤에…… 많이 아파겠다? 발굽 속에 유리가 박혔어."

칵!

채나가 말발굽에 박힌 유리 조각을 뺐다.

히히힝!

점박이 말이 요란하게 울며 요동을 쳤다.

"괜찮아! 괜찮아! 내가 유리를 뺐거든."

부욱!

채나가 자신의 옷을 찢어 점박이 말의 발굽을 감쌌다.

톡톡톡!

이어 채나가 환하게 미소를 띠며 점박이 말의 얼굴을 가볍게 두드렸다.

"우우! 그렇게 많이 아팠져? 그래그래! 병원에 가자, 점박아! 가서 약 바르고 며칠 쉬면 깨끗해져."

채나가 점박이 말을 토닥거리며 어린아이와 얘기를 하듯 대화를 나눴다.

히히힝!

점박이 말이 강아지처럼 혀로 채나를 핥았다.

"으으…… 그만! 넌 이빨도 안 닦았잖아?"

짝짝짝!

갑자기 주위에서 박수가 터졌다.

"어이구! 아가씨가 대단하시네! 말을 강아지처럼 다뤄?"

"거참 말똥치기 이십 년 동안 이렇게 말 잘 다루는 사람은 처음 봤어!"

"굉장하구먼! 당장 기수로 뛰어도 박태종이 김명국이 뺨치겠어."

허름한 작업복을 걸친 채 말들을 쫓아온 사내들이 연신 채나를 칭찬했다.

이들은 말들이 먹고 자고 생활하는 마방에서 말을 관리하는 마필 관리사들이었다.

말은 평소에는 어린애처럼 겁이 많다.

하나 일단 화가 나면 맹수들조차 함부로 덤비지 못한다. 말 뒷발에 차이면 아주 간단히 뼈가 부러지기 때문이다.

마사회에서도 기수들이나 마필 관리사들이 말에 차여 몇 개월씩 병원에 입원하는 사고가 비일비재했다.

한데, 망아지만 한 채나가 폭주하는 말을 강아지처럼 다뤘으니 말들을 잘 아는 마필 관리사들이 놀랄 수밖에 없었던 것이다.

채나는 만물의 영장이라는 인간조차 꼼짝 못하게 하는 선문의 대종사였다.

"아무튼 고맙수다! 녀석들을 병원으로 데려가는 중이었는데 이 점박이 놈이 하도 난리를 치는 통에 나머지 녀석들까지 덩달아 날뛴 거라우!"

오십대 마필 관리사가 점박이 말의 고삐를 잡고 채나에게 인사를 했다.

"헤헤, 네! 제가 동물들하고 좀 친하거든요."

채나가 아무 생각도 없이 인사를 받았다.

마필 관리사들이 아예 자신을 기수 후보생으로 찍어놓고 말을 하는 것도 의식하지 못했다.

김명국이나 박태종은 유명한 경마기수들이었다.

"치료 잘하고, 다음에 봐!"

채나가 미소를 띤 채 점박이 말을 가볍게 두드려 줬다.

히히힝!

다각! 다각!

마필 관리사들이 채나에게 분분히 인사를 하며 조심스럽게 말들을 데리고 걸어갔다.

"뭐야? 저 사람들…… 마필 관리사들 아냐?"

"왜 말한테 밟힐 뻔했던 실장님께는 사과 한마디 안 하지?"

손 실장을 부축하고 있던 직원들이 도끼눈을 뜬 채 말들을 데리고 가는 마필 관리사들을 쳐다보며 툴툴거렸다.

"참아! 말똥구리들 하고 무슨 시비를 해?"

손 실장이 마필 관리사들을 비웃으며 직원들을 진정시켰다.

어느 회사든 현장직과 사무직, 비정규직과 정규직, 노무직과 행정직 등 직종이 다른 사원들끼리는 사이가 좋지 않다.

한국 마사회의 마필 관리사와 홍보실 직원들도 그런 차원이었다.

"고맙소! 홍보실 손 실장이오. 덕분에 십년감수했소."

손 실장이 절뚝거리며 채나에게 다가와 인사를 했다.

"헤헤! 뭘요."

"갑시다. 어쨌든 나 때문에 시간이 지체됐으니 내가 교육장에 가서 애기해 주겠소."

"감사합니다."

손 실장도 마필 관리사들처럼 채나를 기수 후보생으로 착각하고 기수 후보생들을 교육시키고 있는 별관으로 데리고 갔다.

채나는 한국어를 능숙하게 구사했지만 마사회 주변에서나 들을 수 있는 마필 관리사니 기수 후보생이니 말똥구리니 하는 말들은 전혀 알아듣지 못했다.

오늘 채나는 한국 마사회 사격단 감독을 만나 마사회 간부들에게 인사를 하고 안양 훈련원의 사격장을 둘러볼 예정이었다.

당연히 손 실장이 자신을 사격단 감독이 있는 사무실에 데려다 줄 것으로 알았다.

채나의 오랜 습성이 불러온 착각이었다.

미국에서 채나 킴은 사격선수의 고유명사였다.

웅성웅성!

키가 자그마한 청년들 이십여 명과 허름한 작업복차림의 사오십대 중년 사내 수십 명이 오 층 건물에서 쏟아져 나왔다.

"벌써 교육이 끝났나? 저쪽으로 갑시다."

손 실장이 채나를 데리고 잽싸게 오층 건물 쪽으로 다가갔다.

"어! 안녕하십니까? 손 실장님! 교육관까지 웬일이십니까?"

회색 양복에 말머리가 그려진 마사회 배지를 단 사내가 손 실장에게

인사를 했다.

"교육 끝난 거야, 유 과장?"

"하하! 끝난 게 아니라 이제 시작입니다. 오늘은 마방에서 실습이 있는 날이거든요."

"잘됐네! 이 친구 좀 봐줘."

손 실장이 채나를 유 과장에게 인사시켰다.

"에이 참! 월요일 날 말씀 드렸잖아요? 수요일 오전 아홉 시까지 꼭 입교하라고! 이십 분씩이나 지각하면 어떻게 해요?"

"……?"

한국마사회에서 운영하는 제27기 기수학교가 개교한 지 꼭 일주일째.

오늘은 마침 여자 기수 후보생 두 명이 월요일 날 외출한 뒤에 돌아오지 않았다.

유 과장은 채나를 그 여자 기수 후보생으로 알았다.

한국 마사회 직원들은 경마가 있는 토요일과 일요일에 근무를 하는 덕분에 월요일과 화요일이 토요일, 일요일이라 이야기해도 과언이 아니었다.

"이해해 주게. 잠깐 사고가 있어서 늦었네!"

"알겠습니다, 실장님! 이봐요, 정 관리사님! 이 친구 데리고 가세요."

유 과장이 고개를 주억거리며 저편에서 담배를 피우고 있던 작업복 차림의 사십대 사내를 불렀다.

"알겠수다. 어이! 뭐해? 빨리 이쪽으로 오라구."

담배를 피우고 있던 사내가 채나를 불렀다.

"저분 따라가요! 친절한 분이니까 잘 가르쳐 주실 겁니다."

"네!"

유과장의 말에 채나가 공손히 대답했다.

"오늘 고마웠소. 다음에 봅시다!"

"네! 실장님."

채나가 손 실장과 악수를 나누고 정 관리사를 쫓아갔다.

정 관리사는 마방에서 말들에게 먹이를 주고 목욕을 시키고 똥을 치워주면서 말들을 관리하는 마필 관리사였다.

방금 점박이 말을 데리고 갔던 그 관리사들과 소속만 달랐다.

그리고 채나는 정 관리사가 사격장을 관리하는 사람으로 착각했을 뿐이다.

＊　　　＊　　　＊

권세호 한국 마사회 사격단 감독과 안교순 선수와 조은경 선수는 벌써 한 시간 반 동안이나 한국 마사회 본 장인 과천 경마장을 헤매고 있었다.

정문 경비실에서 오전 아홉 시에 만나기로 한 채나가 사라졌기 때문이다.

분명 정문 청원경찰의 말에 의하면 정문을 통과해서 본관 쪽으로 올라갔다는 데 보이질 않았다.

띵똥띵똥…….

휴대폰이 울렸다.

"네, 감독님! 본장의 남단 북단을 모조리 뒤졌어요. 네! 안 계세요. 혹시 모르니까 마방 쪽으로 올라가서 후문 쪽을 돌아

볼게요. 네네!'

안교순 선수가 권세호 감독과 통화를 끝내고 조은경 선수와 같이 본장 제2경비 초소를 통과해서 마방 쪽으로 올라갔다.

"저, 저분 김 코치님 아냐, 언니?"

조은경 선수가 허름한 작업복에 긴 장화를 신고 트럭에 말똥을 싣고 있는 채나를 발견했다.

"맞아! 그, 근데 코치님 지금 저기서 뭐하고 계시는 거지??"

안교순 선수와 조은경 선수가 후다닥 채나에게 달려갔다.

"아후후! 냄새……. 코치님!'

"아니, 코치님! 웬 말똥을 치고 계신 거예요?"

안교순 선수와 조은경 선수가 기가 막힌 표정으로 말했다.

"헤헤헤! 어쩌다 보니 일이 이렇게 됐어."

채나가 리어커에 담긴 말똥들을 삽으로 트럭에 실으며 천연덕스럽게 대답했다.

"코치님?! 아니, 그 친구는 기수 후보생으로 지금 마방에서 실습 중인데 무슨 말을 하는 거요?"

정 관리사가 말똥이 잔뜩 담긴 리어카를 끌고 나오며 말을 받았다.

"으드드득……. 짱나! 난 이래서 총 쏘기가 싫다니까요 정말!"

"나도 그래! 세계적인 사격선수인 코치님을 기수 후보생으로 착각해 말똥이나 치게 만드니 뭐?"

"헤헤! 괜찮아. 이제부터 마사회에서 밥을 먹을 텐데 말들하고 인사도 나눠야지? 말들이 얼마나 예쁜데!"

"푸후우우우!"

안교순 선수와 조은경 선수가 억장이 무너지는 듯 길게 한숨을 쉬었다.

정말 억장이 무너질 만했다.

타이거우즈와 함께 남녀 최고의 스포츠 스타라는 지구 최고의 총잡이도 한국에서는 그저 키가 자그마한 기수 후보생으로 마방에 끌려가 말똥이나 치워야 했다.

비인기 종목의 선수라는 죄목이었다.

6장

신의 목소리

한국 마사회 도창규 청원경찰은 올해 꼭 서른다섯 살이 된 노총각이었다.

이 노총각이 정말 오랜만에 예쁜 꽃다발을 샀다. 아주 귀엽고 예쁘게 생긴 아가씨에게 그 꽃다발을 줬다.

실망스러운 것은 그 아가씨가 자신의 애인이나 여자친구가 아니라는 사실이었다. 자신이 안내를 잘못해서 말똥까지 치우게 된 사격선수!

오늘 한국 마사회 사격단에 코치 겸 선수로 입단하는 채나에게 줬던 것이다.

"흐흐흐……. 참나! 기수 후보생이 아니라 세계적인 사격 선수였다니?"

너무 미안해서 아예 후배하고 근무지까지 바꿔 한국 마사회 안양 박달 체육 훈련원 정문 경비실로 와서 채나를 만났다.

"안전!"

도 청경은 정문 앞에서 부동자세로 서서 거수경례를 하면서 오늘이 김채나 선수 입단식 날이 아니라 육군참모총장이나 국방장관 취임식 날인가 하는 착각을 했다.

지금 밀려드는 승용차들 때문이었다.

"도대체 별판을 단 승용차가 몇 대가 들어오는 거야?"

도 청경이 고개를 설레설레 저었다.

한국 마사회 안양 훈련원이 생긴 이래 가장 많은 장군이 왔다.

대장부터 중장 소장까지 모두 열세 대째였다. 한국군 장군들은 말할 것도 없고 미국군 장성도 일곱 명이나 왔다.

모두 김채나 선수 입단식을 참관하고자 방문한 VIP들이었다.

도대체 얼마나 유명한 선수면 미국군 장성들까지 참관하러 왔을까.

도 청경은 이제야 채나가 세계적인 총잡이라는 것을 실감할 수 있었다.

'환 김채나 코치겸 선수 한국 마사회 사격단 입단 영' 이라고 쓰여 있는 화려한 현수막이 안양 훈련원 지하에 있는 실내 사격장의 벽면을 가득 메웠다.

번쩍! 팟팟팟!

카메라 플래시가 터졌다.

채나가 하얀 말머리가 그려진 한국 마사회 사격단 경기복을 걸친 채 환하게 웃으며 기념 촬영을 했다.

파파팍!

다시 황정기 한국마사회 회장과 권세호 감독과 함께 촬영을 했다.

"한국 마사회 사격단 파이팅!"

"파이팅!"

채나가 힘찬 구호를 외치며 열 명의 한국마사회 여자 선수와의 단체 촬영을 끝으로 모든 기념 촬영을 마쳤다.

"감사합니다! 이것으로써 김채나 코치 겸 선수의 한국 마사회 사격단 입단식을 모두 마치겠습니다!"

짝짝짝짝!

홍보실 손명한 실장이 실내 사격장의 사대 옆에 놓여 있는 마이크를 들고 인사를 하자 사대 뒤에 임시로 마련된 좌석에 앉아 있던 오십여 명의 귀빈이 일제히 박수를 쳤다.

"끝으로 이 자리를 빌어 에피소드 아닌 에피소드를 말씀드리면서 다시 한 번 김채나 선수에게 사과를 드리겠습니다. 어제 제가 김채나 선수를 기수 후보생으로 착각해 마방으로 안내를 한 덕에 김채나 선수가 총을 쏘는 대신 열심히 말똥을 치웠습니다."

"아하하하!"

손명한 실장이 채나의 〈말똥치기 사건〉에 대해서 얘기하자 내빈들이 배꼽을 쥐었다.

채나가 괜찮다는 듯 환하게 웃으며 손명한 실장을 향해 손을 흔들었다.

"아마 이것이 우리나라 사격계의 현주소인 것 같습니다. 다시 한 번 김채나 선수에게 사과를 드리며 앞으로 저는 누구보다 헌신적인 사격단의 도우미가 될 것을 약속드립니다."

짝짜짝!

손명한 실장이 채나에게 진심으로 사과를 하며 사격단을 위해 열심히 봉사하겠다는 약속을 하자 채나를 비롯해 실내에 있는 모든 사람이 우레와 같은 박수를 보냈다.

"이제 2부 순서로 권세호 사격단 감독의 브리핑과 함께 김채나 선수의 시사(示射:시범사격)가 있겠습니다."

손명한 실장이 귀빈들에게 정중하게 인사를 하고 물러났다.

"안녕하십니까? 한국 마사회 사격단 감독 권세호입니다."

권 감독이 손명한 실장에 이어 마이크를 들고 인사를 했다.

"여러분도 잘 아시다시피 사격은 올림픽에서 육상 수영에 이어 가장 많은 메달이 걸린 경기입니다. 사격에는 이십여 가지가 넘는 종목이 있지만 그중에서 가장 치열하고 흥미진진한 경기가 아마 10미터 공기소총 종목일 것입니다."

권 감독이 사격 경기의 10미터 공기소총 종목을 거론하면서 내빈들이 앉아 있는 좌석 쪽으로 걸어 나갔다.

"여러분! 잠깐 제가 들고 있는 이것을 한 번 봐주시죠?"

내빈들의 눈이 일제히 권 감독이 든 작은 종이를 향했다.

"이것이 10미터 공기소총 표적지입니다. 1점 원의 직경이 45㎜, 즉 4.5㎝입니다. 10점 원의 직경이 0.5㎜죠! 가끔 신문 지상에 이 보도가 나가면 0.5㎜가 아니라 0.5㎝가 아니냐는 정정 보도 신청을 받는데 아닙니다. 분명히 0.5㎜입니다."

"하하하!"

권 감독이 정사각형 종이 위에 둥근 원들이 그려진 10미터 공기소총 표적지에 대한 브리핑이 이어질 때 내빈석에서 가벼운 웃음이 터졌다.

"또 이 0.5㎜짜리 원은 결선 사격에서는 10등분으로 나뉘어 0.05㎜로 됩니다."

"오 마이 갓!"

미군 장성 한 명이 탄성을 뱉었다.

"이 표적지의 정중앙, 샤프심 굵기인 0.05㎜ 원내를 정확히 명중시키면 10.9점이 됩니다. 내빈 여러분께서도 가시기 전에 10미터 밖에서 이 표적지를 한 번 살펴보십시오. 정 가운데 원은 육안으로는 전혀 보이지 않습니다. 아마 연세가 좀 드신 분들은 파리나 모기가 날아다니는 것을 보시게 될 겁니다."

"하하하하!"

계속되는 권 감독의 설명에 내빈들이 즐겁게 웃음을 터뜨렸다.

"이제 우리 김채나 코치가 나와 여러분께 신기(神技)를 보여드릴 겁니다. 여러분! 지구 최고의 총잡이 김채나 코치입니다!"

권 감독이 힘차게 채나를 소개했다.

채나가 은회색 공기소총을 든 채 내빈들에게 공손히 인사를 했다.

삑 삑 삑! 짝짝짝!

미국군 장성들은 휘파람까지 불며 박수를 쳤고, 한국 장군들과 내빈들은 그저 박수만 쳤다.

"자! 이제 사격장 정면을 봐주십시오. 지금 앞에 보이는 10미터 밖에는 직경 4.5㎝짜리 표적지가 열 개 놓여 있고, 열 개의 사대에는 열정의 공기소총이 놓여 있습니다. 아시다시피 경기용 공기 소총은 약실에 딱 한 발의 총알만 들어가게 돼 있습니다."

권 감독이 손을 들어 표적지가 놓여 있는 사격장 정면을 가리켰다.

찰칵!

한국마사회 사격단 경기복을 걸친 채나가 1번 사대 앞에 서서 공기소총에 총알을 장전했다.

"지금부터 김채나 코치가 1번 사대부터 10번 사대까지 사격을 하되 계속해서 총을 바꿔가면서 쏠 것입니다. 과연 어떤 결과가 나올까요? 포인트 채점은 우리 한국 마사회 최고의 미인인 컴퓨터 숙녀께서 해주시겠습니다."

"하하하하!"

권세호 감독의 너스레에 다시 한 번 내빈석에서 웃음이 터져 나왔다.

채나가 준비가 끝났다는 신호로 한 손을 살짝 들어 올렸다.

"슈팅 쓰따뜨!"

권세호 감독이 억센 경상도 억양으로 사격 개시를 알렸다.

탕!

채나가 지체없이 사격을 시작했다.

"텐 포인트 나인!"

역시 컴퓨터 숙녀도 지체없이 점수를 불렀다.

짝짝짝!

사격 중에는 정숙이 기본이라는 기초 상식조차 모르는 내빈이 힘차게 박수를 쳤다.

그 내빈의 신분은 국국 기무사령관 이진관 중장이었고 그는 채나의 외삼촌이었다.

탕!

채나가 뒤쫓아 오던 안교순 선수에게 총을 건네주고 2번 사대로 몸을 굴리며 다가가 다시 새 총을 들고 사격을 했다.

"텐 포인트 나인!"

탕!

다시 안교순 선수에게 총을 건네고 3번 사대로 옮겨가 총을 바꿔 쥐고 사격을 했다.

"텐 포인트 나인!"

"텐 포인트 나인!"

계속해서 채나가 똑같은 패턴으로 반복해서 사격을 했고 컴퓨터 숙녀 역시 정확하게 포인트를 불렀다.

표적지 위에 놓인 큼직한 전광판에는 0.05㎜ 원내에 정확히 명중한 탄알의 모습이 클로즈업됐다.

짝짝짝! 삑삑삑!

"브라보! 뷰티풀!"

채나는 일곱 번째 사격부터는 아예 일어서서 박수를 치며 환호하는 최악의 관중들과 싸우면서 열 번째 마지막 사격을 끝냈다.

"텐 포인트 나인!"

역시 컴퓨터 숙녀도 채점을 끝냈다.

"와아아아아!"

"브라보 브라보!"

"역시 지구 최고의 총잡이다!"

오십여 명의 내빈이 기립박수를 치며 탄성을 질렀다.

짝짝짝!

역시 가장 박수를 크게 치고 환호성을 가장 높게 외치는 사람은 채나의 외삼촌인 국군 기무사령관 이진관 중장이었다.

두 번째는 손명한 홍보실장이었다. 손 실장이 채나에게 보내는 사과의 메시지였다.

공기소총을 든 채나가 환한 미소를 띤 채 다시 내빈들을 향해 정중하게 인사를 했다.

찡긋!

채나가 이진관 장군과 같이 앉아 있던 수방사령관 남열회 장군에게 윙크를 했다.

"남 장군님! 빵 내기 한 번 더?"

"아하하하!"

이진관 장군이 제일 먼저 웃다 쓰러졌다.

거의 동시에 LA 유원지에서 채나와 남열회 장군의 빵 사내기 공기소총 대회를 관람했던 장군들이 모조리 뒤집어진 것은 마찬가지였다.

"하핫핫! 어떻습니까? 여러분! 육안으로 식별조차 안 되는 샤프심만 한 표적에 열 발 모두! 그것도 총을 바꾸고 몸을 구르며 이동하면서 모두 만점에 꽂아 넣었습니다. 우리 김 코치에게 왜 지구 최고의 총잡이라고 하는지 아시겠죠?"

권세호 감독이 의기양양하게 멘트를 했다.

짝짝짝짝!

다시 한 번 엄청난 박수가 쏟아졌고 채나가 또다시 인사를 했다.

"박수를 잠깐 아껴주시고 제 손을 주목해 주시죠!"

권세호 감독이 군용 대검, M16에 부착시키는 큼직한 대검을 들고 있었다.

"여기 현역 장군님들도 많이 게시고 내빈들 모두가 남성분들이니 이 칼의 정체를 잘 아실 겁니다. 그렇습니다. 군용 대검입니다. 저는 군에 있을 때 이 칼을 M16에 부착해서 사용했습니다. 요즘은 K1이나 K2에 부착하는 걸로 알고 있습니다만……."

권세호 감독이 미소를 띠며 내빈들을 돌아봤다.

"이 대검을 공기소총을 쏘는 대신 아까 그 10미터 밖에 놓여 있는 표적지에 던지면 어떻게 될까요?"

"오우! 크레이지!"

주한 미군 사령관인 존 밴트리트 장군이 미쳤다고 소리쳤다.

"군용 대검을 무슨 재주로 10미터까지 던지나?"

"맞아! 저거 보기보다 무척 무겁다고!"

내빈들이 믿기지 않는 듯 웅성거렸다.

"정말 그렇더군요. 저도 아까 이 칼을 던져봤는데 한 사오 미터 날아가다 땅 바닥으로 처박히더군요. 하지만……."

권 감독이 한 손을 번쩍 들었다.

"우리 김 코치가 다시 한 번 그 신기를 보여줄 것입니다."

채나가 열 개의 대검이 꽂혀 있는 탄띠를 허리에 두른 채 1번 사대 앞에 서 있었다.

"자, 여러분! 우리 김 코치의 투검술 묘기입니다. 역시 채점은 컴퓨터 숙녀께서 해주시겠습니다."

꿀꺽!

이번에는 내빈들이 박수 대신 마른침을 삼켰다.

슈우욱— 팍!

"텐 포인트 나인!"

대검이 빛살처럼 날아가 표적지에 박혔고 컴퓨터는 그대

로 만점을 불렀다.

슉! 슉! 팍팍!

채나가 2번 사대부터 3번 사대 쪽으로 빠르게 이동하면서 번개처럼

대검을 뽑아 던졌다.

"텐 포인트 나인!"

"텐 포인트 나인!"

컴퓨터가 10.9의 만점을 계속해서 외쳤다.

"……!"

채나의 거짓말 같은 신기에 너무 놀란 내빈들이 이번에는 아까처럼 박수 치는 것은 생각조차 하지 못했다. 채나의 외삼촌인 이진관 장군도 마찬가지였다.

그저 입을 쩍 벌리고 있었다.

슈슈슉! 팍!

"텐 포인트 나인!"

아홉 자루의 대검이 연속 날아가 10미터 밖의 표적지에 정확하게 틀어 박혔고 컴퓨터 역시 신나게 외쳤다.

휘익!

마지막 대검 한 자루가 남았을 때 채나가 몸을 돌리며 대검을 귀빈석을 향해 던졌다.

슈유유― 픽!

채나가 던진 대검은 오십대 중년 사내가 들고 있던 사과조각을 관통하며 그대로 벽에 박혔다.

"러브 포인트!"

컴퓨터가 빵점이라고 예쁘게 말했다.

"우아아아!"

"오우! 지저스!"

이진관 장군과 존 밴트리트 장군을 비롯한 모든 내빈이 벌떡 일어나서 환호성과 함께 박수를 쳤다.

"죄송합니다! 우리 김 코치가 총잡이다 보니 투검술이 서툴러서 마지막 대검은 손님의 사과 조각을 맞춰 빵점이 됐군요. 김 코치가 앞으로 대검을 잘 쓸 수 있도록 제가 열심히 지도하겠습니다."

"아하하하하!"

권 감독의 조크에 내빈들이 또 한차례 모조리 뒤집어졌다.

"이것으로 우리 김채나 코치 겸 선수의 시사를 모두 마치겠습니다. 안녕히 가십시오."

권 감독과 채나가 나란히 서서 손을 잡고 내빈들께 인사를 했다.

짝짝짝짝!

내빈들이 사격장이 떠나가도록 박수를 쳤다.

"대사형!"

채나가 실내 사격장 한 귀퉁이에서 귀엽게 손짓을 했다.

눈썹이 하얗게 센 육십대 노신사가 미소를 띠며 채나에게 다가갔다.

"먼 길을 와 줘서 고마워, 대사형! 이거 갈 때 차비!"

채나가 붉은색 봉황(鳳凰)이 각인된 한 자 길이의 화려한 칼을 노신사에게 건넸다.

"혈봉도(血鳳刀)!"

노신사의 눈이 커졌다.

"혈봉도와 적봉검(赤鳳劍)이 합쳐지면 중국에 있는 사문의 재산을 찾을 수 있다며?"

"선생님께서 생전에 그렇게 말씀하셨지! 나도 확실한 것은 모른다."

"찾아서 대사형이 써!"

"사, 사, 사매!"

노신사가 당황하며 말을 더듬었다.

"십이억이나 되는 대식구를 이끌고 광활한 중국 땅을 다스리려면 얼마나 돈이 많이 필요하겠어. 아마 보탬이 될 거야."

"그래도 이건……."

"헤헤헤! 우리 기념 촬영 한 번 하자, 대사형!"

촬칵!

채나가 노신사의 팔짱을 이쁘게 끼고 사진을 찍었다.

이 눈썹이 유난히 하얀 노신사는 멀리 중국의 북경에서 온 손님이었다.

현재 중국 인민해방군 상장으로 당중앙 군사위원회 부주석이었다.

세계적인 사격선수 김채나의 한국 마사회 사격단 입단식은 이렇게 끝났다.

한미 양국과 중국 일본 등지에서 쉽게 만날 수 없는 VIP들이 대거 참석한 나름 화려하면서도 짜임새 있는 진기명기 수준의 입단식!

하지만 그것으로써 그만이었다.

채나의 한국 마사회 입단 소식은 어느 방송사 어느 신문사에서도 취급하지 않았다.

다만, 스포츠 전문 일간지인 〈스포츠 대한〉이

―불멸의 기수 박태종! 과연 이번 주에 기적의 일천 승을 돌파할 것인가?

라는 주먹만 한 제목으로 뽑은 〈경마〉 소식 밑에 '세계적인 사격선수 채나 킴, 한국마사회 입단' 이라는 기사를 보일 듯 말 듯 실은 것이 전부였다.

그만큼 대한민국 국민들은 채나를 몰랐고 관심조차 없었다.

세계적인 사격선수 채나 킴은 아는 사람만 아는 사격선수 채나 킴이었다.

한데, 이쪽은 정말 달라도 너무 달랐다.

총알이 아무리 빨라도 소리보다 빠르지 못하다는 과학적 상식을 그대로 입증하는 그녀였으니까!

*   *   *

대한방송사 DBS가 여의도 사옥에서 일산으로 옮긴 지 벌써 삼 년이나 됐다.

일이 잘 풀리려 그런지 일산으로 옮기면서부터 홍의천 본부장이 책임진 예능본부는 승승장구를 했다.

덕분에 홍 본부장의 방은 일산사옥에서 가장 전망이 좋은 2301호실이었다.

홍 본부장은 출근한 지 두 시간이 지났건만 창밖에서 눈을 뗄 줄 몰랐다.

뒷짐을 진 채 그저 멍하니 창밖만 바라봤다.

'엊그제만 해도 서울국제 마라톤에 출전하니마니 하던 놈인데! 그놈이 암이라고? 짧으면 일 년? 내년이면 놈을 볼 수 없단 말이지. 환장하겠네! 겨우 오십 초반에 간단 말이야. 염병할!'

그랬다.

홍 본부장은 친구인 표기종 사장의 절망적인 소식에 벌써 일주일째 아무 일도 하지 못했다.

'빌어먹을! 그렇게 허무하게 갈 바에야 일은 해서 뭐하나?'

삐이!

홍 본부장이 짜증스럽게 인터폰을 눌렀다.

"네, 본부장님."

인터폰에서 청아한 음성이 흘러나왔다.

"그 건강검진 받으라고 통보 온 거 있지? 그거 며칠이야?"

"다음 주 화요일 오전 여덟 시 충무대 병원에서 있습니다."

"예약은 됐고?"

"네! 이미 모든 비용까지 회사에서 지불했습니다. 가서 검사만 받으시면 됩니다."

"알았어! 서류 잘 보관해 놔."

"네에! 본부장님."

홍 본부장이 남의 일 같지 않은지 새삼스럽게 건강검진 날짜를 챙기면서 인터폰을 내려놓았다.

따르릉!

이때 품속에서 휴대폰이 울렸다.

홍 본부장이 번호를 확인하고 휴대폰을 켰다.

강 관장의 전화였다.

"그래! 강 관장, 왜? 기종이가 더 나빠진 거냐?"

곧 뒈질 놈 얘기는 왜 해, 임마!

휴대폰에서 강 관장 특유의 질그릇 깨지는 듯한 목소리가 튀어나왔다.

'허허헛! 이놈하고 얘기하면 모든 근심이 간단히 사라진단 말이야!'

홍 본부장의 얼굴에 조금씩 웃음기가 어렸다.

"기종이가 스카웃한 애라구? 그래! 그건 어렵지 않지. 알았어! 당장 지시하마. 오디션 날짜는 담당PD가 연락할 거야. 들어가!"

삐익!

홍 본부장이 휴대폰을 끄고 다시 인터폰을 눌렀다.

"네에! 본부장님."

"〈우스타〉 백 차장 좀 들어오라고 해."

"알겠습니다, 본부장님!

인터폰에서 예의 맑은 음성이 금방 튀어나왔다 다시 사라졌다.

"연예계의 면도칼이라는 표기종이가 미국까지 가서 스카 웃한 친구라⋯⋯?"

홍 본부장이 〈예능본부장 홍의천〉이라는 명패가 놓여 있는 책상 서랍에서 볼펜과 메모지를 꺼냈다.

잠시 후, 허름한 점퍼에 야구 모자를 쓰고 도수 높은 안경을 걸친 사십대 사내가 들어왔다.

〈우리들은 스타다〉, 우스타의 책임피디인 CP 백치호 차장이었다.

"찾으셨습니까, 본부장님!"

백 차장이 조심스럽게 입을 열었다.

"그래! 백 차장, 요즘 우스타 때문에 고생 많지?"

홍 본부장이 미소를 띠며 격려를 했다.

"뭐, 시청률이 눈부시게 올라가니까 힘든 줄 모르겠습니다."

백 차장이 공손하게 대답했다.

"아주 좋아! 바야흐로 대한민국의 주말은 우리 DBS시대야. 초저녁에는 〈열흘 도전〉하고 〈우스타〉가 잡아주고 그 뒤를 〈태왕비〉가 받쳐주고!"

"하하하! 오랜만에 어깨에 힘 좀 주고 있습니다."

"회장님께서도 자네 칭찬을 많이 하시더군."

"아이구! 회장님까지⋯⋯. 이거 책임이 막중하군요."

백치호 차장은 홍 본부장이 공영 방송인 KBC에서 민영방송인 DBS로 옮길 때 데리고 온 심복이었다.

그런 이유로 홍 본부장은 신중하게 백 차장을 챙겨주고 있었다.

"그건 그렇고 다음 주 월요일 날 이차 오디션 있지?"

"예! 스물세 명이나 신청을 해서 저희 제작진에서 열심히 서류 검토 끝에 네 명으로 압축시켰습니다. 그중 한 명을 뽑아야 하는데 워낙 실력들이 쟁쟁해서 쉽지 않을 것 같습니다."

백 차장이 찬찬하게 보고를 했다.

"그럼 이 친구도 이차 오디션에 포함시켜 봐! 예음 표 사장이 미국에서 데리고 온 친구라는데 스펙이 꽤 좋아."

홍 본부장이 고개를 주억거리며 품속에서 메모지 한 장을 꺼냈다.

"호오! 표 사장님이 스카웃한 친구라고요? 이거 기대되는 되요."

백 차장이 작은 눈을 빛내며 수첩을 꺼내 들었다.

"일단 프로필을 좀 불러주시죠? 본부장님!

"이름은 김채나! 자그마한 키에 귀여운 인형처럼 생겼어. 아직 음반은 내지 못한 친군데 음악 공부는 어릴 때부터 했다더군."

"그럼 가수 경력은 한 십오 년쯤 되겠군요?"

백 차장이 채나 프로필을 적으면서 채나를 순식간에 중견 가수로 만들었다.

"작년에 미국 UCLA 연극영화과를 졸업한 재원이고!"

"멋진데요. UCLA 연극영화과 출신이라면 정말 빡센 친구 같군요."

"그 대학이 그렇게 괜찮나?"

홍 본부장이 눈을 가늘게 뜨며 백 차장을 쳐다봤다.

"예! 미국 대학에 있는 연극영화과 중에서 넘버원이죠. 절 대 쉽게 들어갈 수 있는 대학이 아닙니다. 할리우드가 가까워 서 유명감독과 배우들이 직강을 하는 것으로 잘 알려져 있습 니다. 적수라고 해야 뉴욕의 뉴욕대학교(NYU:NewYork University) 연극영화과 정도고!"

백 차장이 예능본부 PD답게 UCLA 연극영화과에 대해 상 세히 설명을 했다.

"특기… 노래 말고 뭐 잘하는 거 없습니까, 본부장님?"

이어 백 차장이 채나의 특기를 물어봤다.

갑자기 홍 본부장의 눈앞으로 채나가 신나게 화투장을 두 드리며 지나갔다.

'자식이 고스톱은 잘 치더군. 노름꾼이라고 할까? 그건 좀 그렇지!'

"권투! 아마추어 복싱선수라고 해두게."

홍 본부장이 채나를 권투 선수로 데뷔를 시키니 어쩌니 하면서 호들갑을 떨던 강 관장의 목소리를 기억해 냈다.

"아마추어 복싱선수요? 와우! 여러 가지 비주얼 면에서 호감이 가는 아가씨네요. 출신 대학이나 학과 특기 거기에 이름도 좋고!"

"이름이 좋아? 자네 성명학에도 일가견이 있나?"

홍 본부장이 채나를 마음에 들어 하는 백 차장에게 죠크를 던졌다.

"하하! 채나 킴! 그 유명한 미국 사격선수 아닙니까? 금메달 공장이라는 재미교포. 그 친구하고 이름이 같으니 좋은 이름이죠. 뭐!"

백 차장은 확실히 성명학에 권위가 있었다.

자신도 모르게 채나 이름을 정확하게 맞췄다.

채나가 지구 최고의 총잡이요, 세계적인 슈퍼스타로 추앙받는 것은 역시 미국에서였다.

모국인 한국에서는 방송사 PD조차 얼굴을 모르는 그냥 유명한 사격선수일 뿐이었다. 이름이 좋은!

"어때? 백 차장, 그 정도 프로필이면 일차 서류 심사는 통과 될 만하지?"

홍 본부장이 채나의 신상명세서를 서랍에 넣으며 백 차장을 바라봤다.

"넘칩니다. 뭐 노래 실력이야 오디션을 보면 금방 알 수 있는 거고요. UCLA 연극영화과 출신이라는 점과 표 사장이 스카웃했다는 점이 끌리는군요."

백 차장이 씩씩하게 대답을 하자 홍 본부장이 미소를 띠며 손을 흔들었다.

"좋아! 그건 그렇고 한 가지 부탁이 있네."

"아이구! 제게 무슨 부탁씩이나? 그냥 편하게 말씀하시죠. 본부장님!"

홍 본부장 특유의 스타일이었다. 부하 직원들에게 강요를 하지 않으면서

도 자신이 원하는 목적은 확실히 달성했다.

"오디션 날 심사위원 석에 내 자리도 하나 만들어주게. 김채나가 어느 정도 재목인지 직접 확인하고 싶군."

"알겠습니다. 이왕이면 본부장님께서 심사위원장을 맡아주시죠! 그럼 왠지 우스타가 점점 빵빵해지는 것 같고 모양이 좋지 않겠습니까?"

홍 본부장이 원하던 자리였다.

"오! 그래도 될까?"

"하하하! 본부장님도 참? 오히려 제가 부탁을 드려야 할 판인데……."

"그래! 백 차장이 내 부탁을 흔쾌히 들어 줬으니 나도 괜찮은 심사위원 한 분을 추천하지. 최영필 씨! 어떤가?"

덜컥! 백 차장 턱이 쉽게 빠졌다.

최영필이 누군가?

80년대부터 90년대 후반까지 대한민국 가요계를 휩쓸었던 진정한 국민 가수! 가수 중의 왕이라고 가왕(歌王)이라 칭했다.

"최, 최 선생님이 오실까요?

백 차장이 말을 더듬었다.

"허허! 내가 모셔야지. 명색이 심사위원장인데!"

"고맙습니다, 본부장님!

백 차장이 홍 본부장에게 넙죽 절을 했다.

홍 본부장이 미소를 지으며 고개를 끄떡였다.

"주마가편(走馬加鞭)이라는 말이 있네. 달리는 말에 채찍질을 하라는 말이지! 우스타가 연일 상종가를 치는 지금 단단히 쐐기를 박자고. 우리 DBS에서 허락하지 않는 한 어떤 프로도 주말 밤에 끼지 못하도록 말이야!"

"아하하! 잘 알겠습니다."

"고생하게, 오디션 날 보세."

"예! 본부장님."

백 차장이 다시 한 번 홍 본부장에게 정중하게 인사를 한 뒤 몸을 돌렸다.

'역시 이무기셔! 본부장은 아무나 하는 게 아니구만. 허참! 이 와중에 최영필 씨를 동원할 생각을 하시다니?'

백 차장이 고개를 절레절레 저으며 홍 본부장 방을 나갔다.

홍 본부장이 천천히 창가로 걸어갔다.

"녀석이 고스톱 실력만큼이나 노래도 잘 부른단 말이지? 한번 보자구! 강동주가 머리는 나빠도 절대 헛소리를 하는 놈은 아니니까."

유리창 위로 인형 같은 용모의 채나가 떠올랐다.

"안 그러냐? 기종아!"

홍 본부장의 눈에 눈물이 고였다.

그랬다.

홍 본부장이 가왕 최영필까지 끌어들여 〈우스타〉 4라운드 경연에 출연할 가수 한 명을 뽑는 2차 오디션의 심사위원장이 된 것은 다른 게 아니었다.

우스타를 도와주려는 뜻도 있었지만 이렇게나마 죽어가는 친구에게 힘이 되어주고 싶었기 때문이다.

*　　　*　　　*

오늘 대한방송사 DBS 일산 사옥 1층에 자리 잡은 대공개홀은 아침부터 사람들로 붐볐다.

우리들은 스타다, 즉 우스타 4라운드 경연에 나갈 가수 한 명을 뽑는 2차 오디션이 있는 날이기 때문이다.

여러 프로그램을 제작하다 보면 생각지도 못한 프로가 대박을 치는 경우가 더러 있다.

하지만 이 우스타처럼 엄청난 파장을 일으킨 프로는 일찍이 없었다.

좋은 가수, 좋은 음악, 좋은 노래의 재발견이란 슬로건을 내걸고 시작한 이 프로는 처음엔 데뷔한 지 십 년 이하의 가수들만이 출연할 수 있었다.

규칙은 아주 간단했다.

삼 주 동안 여섯 명의 가수가 나와 첫째 주에는 자신의 노래, 둘째 주는 숨을 고르고, 셋째 주에는 다른 가수의 노래를 불러 점수를 합산해서 꼴찌 하는 가수는 탈락되고 새로운 가수가 나오는 그런 포맷이었다.

일종에 가요 서바이벌 예능 프로그램이었다.

한데, 이 프로는 시작부터 말도 많고 탈도 많았다.

—어떻게 신인가수도 아니고 자신의 고정 팬들까지 있는 중견 가수들을 출연시켜 서바이벌을 할 수 있나!

—결코 음악은 운동 경기가 아니다 등수를 매긴다는 것 자체가 웃

긴다.

　―이 프로는 좋은 가수들을 재발견하는 것이 아니라 재차 죽이는 것이다!

　등등 수많은 지적들과 비난이 쏟아졌다.

　1라운드 셋째 주 경연이 끝나고 1등부터 꼴등까지 성적이 발표되고 한 명이 탈락했을 때 또 사건이 터졌다.

　―1등을 한 은세호는 가수 데뷔한 지 십 년이 넘었기 때문에 〈우스타〉 룰에 위배된다!

　―대학 시절에는 아마추어로 활동한 것이지, 프로로서 활동한 것은 아니다!

　누리꾼들과 은세호 측은 이렇게 공방전을 펼쳤다.

　뒤이어 은세호가 자진 하차하면서 더 많은 문제점이 표출됐다.

　―가수 활동 기간을 어떻게 딱 십 년으로 못 박나? 십 년에서 하루나 이틀쯤 지나면?

　그러자 상황을 지켜보던 우스타 제작진에서는 이렇게 공

표했다.

—〈우스타〉에 출연 신청한 가수들을 상대로 1차 서류 심사를 하고 서류 심사를 통과한 가수들을 대상으로 2차 오디션을 치르겠다!

결국 〈우스타〉는 중견 가수들이 출연해 예선, 본선, 결선을 거치는 무시무시한 경연 프로가 됐고 1등을 한 가수는 엄청난 인기몰이와 함께 대한민국의 톱 가수 대우를 받기에 이르렀다.

어쨌든, 좋은 가수 좋은 음악 좋은 노래의 재발견이라는 목표를 120% 달성했다 말할 수 있었다.

지난 3라운드 셋째 주 경연이 전국 시청률 21%라는 눈부신 업적을 만들어 내는 위엄을 토해내기까지 했다.

방송 삼사의 모든 예능 프로 중에서 2위에 해당하는 놀라운 시청률이었다.

"다시 한 번 말씀드리겠습니다."

〈우스타〉의 책임피디이자 CP인 백치호 차장은 공개홀 옆에 있는 가수 대기실에서 목에 핏대를 올렸다. 우스타 시청률에 비례하여 백 차장의 말도 많아졌다.

오늘은 아예 수다 수준이었다.

"우리가 원로가수 분이나 유명 작곡가 등을 초청해 심사위원으로 모시고 공개적으로 오디션을 하는 가장 큰 이유는 공정성을 확보하기 위해서입니다."

대기실에 모인 삼십여 명의 남녀가 진지하게 백 차장의 설명을 들었다.

이들은 오늘 2차 오디션에 출연하는 가수들과 매니저, 〈우스타〉 스탭들, 그리고 연예부 기자들이었다.

"솔직히 저는 여러분 같은 프로 뮤지션들을 모시고 오디션을 한다는 것, 그 자체를 반대합니다!"

백 차장이 전혀 솔직하지 않은 말을 했다. 대기실에 모인 사람들도 그 사실을 아주 잘 알았다.

"여러분 중에는 정규 앨범을 4집까지 낸 분도 있고 콘서트도 수차례 하신 분들도 계십니다. 나름 고정 팬들을 확보한 중견 가수 분들이라는 사실을 누구보다 잘 알고 있습니다. 하지만 우스타에 출연 신청하신 분들은 많고 자리는 한정돼 있고…… 이때 가장 좋은 방법이 뭐겠습니까?"

백 차장이 화장을 짙게 하고 레게머리를 한 이십대 여자를 쳐다봤다.

"네! 공개 오디션, 공개적으로 경쟁하는 게 가장 좋죠!"

라이브 무대에서는 적수가 없다는 리듬 앤 블루스(R&B)의 공주, 석영지였다.

"그렇습니다, 석영지 씨 말대로 가장 공정한 방법은 오디션을 치루는 것입니다. 제가 누차 오디션의 정당성을 말씀드리는 것은 우스타를 놓고 여기저기서 너무 말이 많기 때문입니다."

언뜻 백 차장이 급한 약속이 있는 듯 시계를 보면서 말이 빨라졌다.

"끝으로 2차 오디션에 응해 주신 다섯 분께 우스타의 제작진을 대표해서 다시 한 번 감사의 뜻을 전해 드립니다."

백 차장이 약간 긴 듯한 접대용 멘트를 끝냈다.

그리고 메모지 한 장을 꺼냈다.

"그럼, 관례대로 지금 이 자리에서 심사위원들을 발표하겠습니다. 이번에는 특별히 심사위원장을 우리 예능본부의 홍의천 본부장님이 직접 맡기로 하셨습니다. 물론 감독만 하실 뿐, 절대 채점에는 관여하시지 않습니다."

웅성웅성!

연예부 기자들의 눈이 커졌다.

백 차장이 어깨를 으쓱했다.

"이 정도면 짐작하시겠죠? 결선도 아니고 2차 오디션에 홍 본부장님이 직접 감독관으로 나오셨습니다. 그러니 여러분도 우리 제작진을 믿고 노래만 열심히 불러주시기 바랍니다."

백 차장이 힘껏 주먹을 움켜쥐며 말했다.

"제발 기자 분들은 기사 좀 잘 써주시고요. 특히 MBS 공 기자님과 KBC의 주 기자님!"

"우리… 불렀나요, 백 차장님?"

백 차장이 대기실 구석을 쳐다보며 말하자 작달만한 키에 개구쟁이처럼 생긴 삼십대 초반의 사내, MBS 보도본부 소속 공갈배 기자와 키가 멀대처럼 큰 KBC 사회부 주호승 기자가 고개를 삐딱하게 꼰 채 대답했다.

"예! 열심히 취재하시는데 방해해서 대단히 죄송합니다만 아무리 경쟁 방송사의 프로라 해도 공정한 기사를 좀 내주십시오. 부디 공.갈. 좀 그만 치시고 지난주에는 진짜 두 분을 죽.이.고 싶었습니다."

"하하핫핫!"

백 차장이 두 기자의 이름을 강조하며 농담하자 대기실에 모여 있던 사람들이 뒤집어졌다.

"아씨, 백 차장님도! 제가 뭘 어쨌다고 그러세요?"

공갈배 기자 입이 툭 튀어나왔다.

"저는 〈우스타〉 제작진들이 놓치는 부분을 예리하게 짚어 드린 죄밖에 없는데요?"

주호승 기자가 빙글거렸다.

"공 기자님! 주 기자님! 잊지 마십시오. 내가 2차 오디션 과

정을 여러분께 공개한 장본인입니다. 내 말 한마디면 여러분은 당장 우리 방송사 밖으로 쫓겨납니다. 아시겠습니까?"

"……."

백 차장은 우스타의 인기가 천정부지로 뛰면서 가수 선정에 잡음이 일자 아예 2차 오디션 과정을 기자들에게 공개했다.

덕분에 MBS와 KBC에서 파견된 고정간첩들이 암약했지만 백 차장은 꿋꿋이 밀고 나갔다.

"그리고 또 한 분! 가왕 최영필 선생님이 특별 심사위원으로 참석하십니다."

백 차장이 공 기자와 주 기자의 입에 자물통을 채우고 수다를 계속 떨었다.

"끄아! 최영필 선배님이래?"

"세상에 가왕 최영필 선배가 심사위원으로 참석해?!"

백 차장이 최영필을 거론하자 갑자기 대기실이 소란해졌다.

가왕 최영필!

그가 TV에서 자취를 감춘 지 벌써 팔 년이 넘었다. 그런 그가 〈우스타〉 2차 오디션의 심사위원을 맡아 방송에 나온다니 놀랄 수밖에 없었다.

물론, 공개방송은 아니었지만 〈우스타〉의 폭풍같은 인기를 실감하는 순간이었다.

'씨발! 홍 본부장 짓이야! 그 이무기가 우스타 인기에 날개를 달아주려고 최영필 선생을 데려왔어.'

'어후! 재수없는 노친네…… 주말의 밤을 DBS에서 독식하시겠다?'

공 기자와 주 기자의 얼굴이 마치 벌레 씹은 사람처럼 변했다.

"그리고 작곡가 노영세 씨, 가수 신영훈 씨, 설경도 씨, 서울예대 교수이신 김학석 씨! 이상 여섯 분입니다."

"후와와와! 누가 보면 DBS에서 국제가요제 열린 줄 알겠네?"

"큭큭큭! 글쎄 말입니다."

백 차장의 설명에 공 기자와 주 기자가 노골적인 견제구를 던졌다.

백 차장이 공갈배 기자를 째리며 아까부터 눈치를 보며 기다리던 전태권 PD를 힐끗 쳐다봤다.

전 PD가 급하게 눈짓을 했다.

"이제 소 PD가 나와 우스타의 규정을 자세히 말씀드리겠습니다. 삼십 분 뒤에 공개홀에서 다시 뵙죠!"

백 차장이 가볍게 목례를 한 후 전 PD와 함께 급히 대기실을 떠났다.

공 기자가 백 차장을 쳐다보며 주 기자에게 말을 던졌다.

"저 여우 어딜 가시나?"

"최영필 씨가 도착할 때 됐잖아여!"

"아……. 그럼 당연히 마중을 나가셔야지?"

그때, 황소같이 당당한 체구의 이십대 사내 소황우 PD가 잡담을 하는 주 기자와 공 기자를 째려보며 입을 열었다.

"저를 좀 주목해 주시지요, 주 기자님! 공 기자님!"

"옙! 소 PD님."

"미천한 것들이 한눈을 팔아서 죄송합니다."

주 기자와 공 기자가 소 PD를 떫은 눈으로 쳐다봤다.

'쳇! 저 새끼도 우스타 때문에 컸다 이거지?'

'신입 PD 자식이! 더러워서 정말…….'

주 기자와 공 기자의 얼굴이 붉으락푸르락했다.

소 PD가 우렁차게 설명을 시작했다.

"〈우스타〉홈페이지에서 밝혀 드렸듯 오늘 2차 오디션에 참석한 다섯 분은 자신의 노래와 타 가수의 노래, 즉 두 곡만 부르시면 됩니다. 본인의 노래는 장르에 상관없이 가요면 되고요. 다른 가수의 노래는 팝송이든 가요든 상관없습니다. 준비하신 MR에 맞춰서 부르시면 됩니다."

소 PD가 하도 여러 번 설명을 해서 모조리 외워 버린 듯 막힘없이 말을 이어갔다.

"오디션 순서는 신청서 접수 순서의 역순으로 김채나 씨가 1번입니다."

소 PD가 채나를 쳐다봤다.

'미국에서 살다 오면 긴장을 안 하나? 쟤는 너무 태평하네!'

채나가 눈처럼 하얀 고양이 스노우를 안고 헤드폰을 쓴 채 대기실 한쪽 구석에 앉아 노래를 흥얼거리고 있었다.

오디션이라고 나름 외모에 신경을 쓴 듯 긴 생머리에 붉은색 티셔츠와 하얀 라운드 점퍼를 걸치고 황토색 가죽바지에 밤색 앵클부츠를 신고 있었다.

부티와 귀티까지 줄줄 흐르는 아주 귀여운 인형 같았다.

"오디션이 끝나면 엄정한 심사를 거쳐 단 한 분만이 우스타 4라운드 경연에 진출하게 됩니다. 그분은 이번 주 금요일날 이 공개홀에 오셔서 우스타 4라운드 경연에 출연하는 가수들과 함께 녹화를 하시면 됩니다."

힐끔! 소 PD가 채나가 마음에 걸리는지 다시 한 번 쳐다봤다.

"물론 다들 아시다시피 4라운드 경연은 칠백 명의 관객 평가단이 공정한 채점을 하고 우리나라 전역에 녹화 방영됩니다. 이하 설명은 생략하겠습니다."

소 PD가 덩치와는 어울리지 않게 매끄럽게 설명을 끝냈다.

"자! 질문 있으신 분?"

"출연료는 누구한테 받아요?"

소 PD의 말을 채나가 노타임으로 받았다.

"아하하핫!"

대기실에 모여 있던 사람들이 일제히 웃음을 터뜨렸다.

"아주 중요한 질문을 하셨습니다, 김채나 씨!"

소 PD가 황소처럼 빙그레 웃으면 대답했다.

"오디션이 끝난 뒤 귀가하실 때 제게 계좌번호를 적어주시면 본 방송사 총무국에 책정된 출연료 등급에 의거, 내일 오후 5시까지 쏴 드리겠습니다."

"등급요?"

"채나 씨는 연예계에 들어오신 지 얼마 안 돼서 잘 모르시겠지만 우리 방송사에는 나름대로 규정이 있습니다. 가수와 탤런트 코미디언 등 연예인들을 A에서 E까지 등급을 나누어 출연료를 지급하죠. 오늘 출연하신 가수 분들은 대부분 C등급에 해당될 겁니다. 채나 씨의 경우는 중견보다 신인 쪽에 속하시니까 D등급쯤 될 거고요."

"까르르⋯⋯. 신인 티 눈부시다!"

"가수가 방송사 출연료에 목매면 진짜 목매달게 되는데?"

소 PD의 대답이 끝나기도 전에 사람들이 채나를 애처롭게 쳐다보며 야유를 보냈다.

"쳇!"

채나가 콧방귀로 맞섰다.

"여기까지 오는데 돈이 얼마가 들었는데 한 푼이라도 건져야지 뭔 소리야!"

채나가 야유를 보낸 사람들을 흘겨보며 툴툴거렸다.

"그럼 이 정도로 브리핑을 마치고 잠시 후 오디션을 시작하겠습니다."

소 PD가 고개를 까딱하며 가볍게 인사를 했다.

"수고하셨습니다, 소 PD님!"

"고생하셨어요, PD님!

"고마워요, 영지 씨, 남영 씨!"

소 PD가 가수들과 인사를 나누면서 힐끗 채나를 쳐다봤다.

'이거 우스타에 아이돌 출연시켰다고 오해받는 거 아냐? 어떻게 쟨 보면 볼수록 예쁘게 생긴 미소년 같지?

흥얼흥얼!

채나가 다시 헤드폰을 끼고 대기실을 왔다 갔다 하며 노래를 불렀다.

진짜 지금 채나의 모습은 소 PD가 본 그대로 아주 예쁘게 생긴 미소년이었다.

그런 그에게 점점 가까이 다가오고 있었다. 수많은 여학생과 여성들을 패닉 상태로 몰아넣을 유니섹스의 마력이!

'쩝! 내게 이상한 취미가 있나? 왜 자꾸 쟤한테 눈길이 가지? 아니지. 쟨 여자니까 그런 건 아니고. 아무튼 뭔가 이상해!'

소 PD가 채나를 힐끔힐끔 쳐다보며 중얼거렸다.

─아주 많이 사랑해요!

조금씩 흥얼거리던 채나의 목소리가 약간 커졌다.

'저 목소리! 저 목소리! 저 목소리가 나를 유혹한다!'

소 PD가 돌연 몸에 한기를 느끼며 자신의 양팔을 쓰다듬었다.

'춥다! 온몸에 소름이 끼쳐.'

소 PD가 DBS에 입사한 지 얼마 되지 않은 신입 PD였지만 여러 예능 프로와 음악 프로를 보조하면서 많은 가수를 만나고 많은 노래를 들어왔다.

'한데 이게 무슨 일이래? 유명 가수도 아닌 무명 가수가 겨우 흥얼대듯 연습하는 노래에 소름이 끼치다니!'

─밤새 얘기를 나누고……. 새벽에 그 거리를 걸으면서…….

채나가 자신도 모르게 목소리를 높이며 리듬을 타기 시작했다.

"흑!"

소 PD가 마른 비명을 터뜨렸다.

'머, 머리가 멍해지고 가슴이 벌렁거려?'

동시에 소 PD가 본능적으로 주위를 돌아봤다.

'모두 똑같다! 몽땅 패닉 상태야! 몽땅—'

……

대기실에 있던 가수와 매니저 등 수십 명의 남녀가 약속이나 한 듯 입을 헤 벌린 채 채나가 노래하는 모습을 바라보고 있었다.

대한민국의 한 방송사 가수 대기실에서 신(神)의 목소리가 울려 퍼지기 시작했다.

7장

우주 저편에서 날아온 가수

대한방송사 DBS 지하 주차장에 고급 승용차 한 대가 미끄러지듯 멈췄다.

홍 본부장이 승용차 앞으로 다가가 문을 열었다.

선글라스를 쓴 자그마한 키의 통통한 중년 사내, 최영필이 한 손에 바바리코트를 들고 내렸다.

"오시느라고 고생하셨습니다, 최 선배님!"

홍 본부장이 허리를 숙이며 최영필의 손을 잡았다.

"일산이 시골이라고 뻥쳐서 그런 줄 알았는데 서울보다 더 복잡하구만. 늦지 않았지? 홍 본부장!"

"예! 아직 한 삼십 분 남았습니다. 들어가셔서 차나 한 잔 하시지요."

"하하! 그럴까? 아무튼 내 팔자도 만만찮아. 이제 병아리 감별사까지 해야 하고."

"죄송합니다! 제가 똥 폼 좀 잡다 보니 그렇게 됐습니다."

"아냐! 홍 본부장 말을 처음 들었을 땐 좀 그랬는데 괜찮겠더라구. 뭐, 내 이미지에 보탬이 되지 않겠어? 이 최영필이가 후배들 오디션 심사위원까지 맡았다고 말이야. 하하하…….."

"허허허! 꽤 여러 날 가십거리가 될 겁니다, 선배님!"

홍의천 본부장이 신입사원으로 한국방송사 KBC에 입사했을 때 가수 최영필은 대마초 파동으로 힘든 나날을 보낼 때였다.

홍 본부장이 상사에게 깨지고 여의도 근처 포장마차에서 소주로 속을 달랠 때, 옆에 앉아 있던 최영필은 라면 한 그릇을 맛있게 비우고 있었다.

그때부터 눈이 맞아 무려 삼십여 년이 지난 지금까지 호형호제를 하면서 지내왔다.

세월이 흘러 한 사람은 메이저 방송사의 예능본부 일인자로 한 사람은 대한민국의 국민가수가 됐지만, 올챙이 시절부터 시작된 우정은 변함이 없었다.

홍 본부장과 최영필의 일행이 현관으로 들어왔을 때 백 차장과 전 PD가 허겁지겁 달려왔다.

"오랜만에 뵙겠습니다, 최 선생님!"

백 차장과 전 PD가 정중하게 인사를 했다.

최영필이 백 차장의 손을 잡으며 홍 본부장을 쳐다봤다.

"잊어 버리셨습니까? 옛날에 제 밑에서 조연출하던 백치호 PD입니다."

"하핫핫……. 그래! 기억난다. 동작이 굼뜨다고 어지간히 욕먹었지!"

"최 선생님도 참!"

홍 본부장이 미소를 띤 채 백 차장의 어깨를 감쌌다.

"지금은 우리 DBS 예능본부의 기둥으로 우스타를 책임지고 있습니다."

"반갑네! 자네 같은 친구들이 열심히 해줘야 대한민국 가요계가 산다구. 언제 시간 나면 내 사무실에 한번 놀러와. 내 콘서트 연출도 좀 도와주고!"

"예예! 일간 꼭 찾아뵙겠습니다, 최 선생님!"

백 차장이 가볍게 허리를 숙이며 대답했다.

"한데, 지금 우리 공개홀로 가야 되나? 전 PD!"

홍 본부장이 뻘쭘하게 서 있는 전 PD를 쳐다봤다.

"네! 다른 심사위원들과 인사도 하실 겸 지금 가시는 편이 좋을 것 같습니다, 본부장님."

"그럼 가자구, 홍 본부장!"

최영필이 성큼 앞장섰다.

지금 방청객을 천 명까지 수용한다는 DBS 대공개홀은 관객들과 카메라만 없을 뿐이지, 〈우스타〉 경연이 녹화되는 날과 똑같았다.

화려하게 세팅된 무대에는 총천연색 조명등이 켜져 있었고 그 앞에는 십여 개의 테이블과 의자가 나란히 놓인 채 심사위원들을 기다리고 있었다.

오디션이 시작될 시간이 지났지만 아무도 재촉하지 않았다.

오늘 여기서 벌어지는 모든 일은 책임 PD인 백 차장이 시작하고 끝낸다.

가수 대기실에 간 백 차장이 돌아오면 곧 오디션이 시작될 것이다.

홍 본부장과 최영필도 익히 그런 사실을 알고 있기에 공개홀 한편에 서서 커피 잔을 든 채 한가롭게 대화를 나누고 있었다.

"야! 영훈아, 이리 와봐."

최영필이 손짓하며 신영훈을 불렀다.

"예, 선배님!"

신영훈이 씩씩하게 대답했다.

가수 신영훈은 내일 모레면 쉰이었다.

발라드의 신으로 불리는 그는 올해로 가수 경력 이십칠 년 차였는데, 지금까지 음반을 무려 1,500만 장이나 팔아 치웠다.

물론 누적집계였지만 우리나라처럼 좁은 음반시장에 비추어 그 인지도가 얼마나 대단한지 알 수 있는 수치였다.

매해 60만 장 이상을 판 초대형 가수였다.

당연히 소속사 사장조차도 야자를 하지 못했다.

하지만 지금 그를 부른 사람은 살아 있는 전설 가왕 최영필이었다.

신영훈이 말 잘 듣는 강아지처럼 쪼르르 달려갔다.

"너 유월에 일본에서 콘서트하냐?"

최영필이 커피 잔을 신영훈에게 건네주며 물었다.

"아……. 예! 그거 취소했습니다, 선배님! 일본애들이 영 티미해서……."

신영훈이 공손하게 커피 잔을 받으며 대답했다.

최영필이 다시 홍 본부장을 쳐다봤다.

"봐! 영훈이도 큰 스케줄이 없잖아? 충분히 될 거야. 영훈이, 경도, 현미, 정현이……. 내가 게스트로 가끔 나가고 이 주에 한 번쯤 공연하면 돼."

"알겠습니다. 아주 훌륭한 프로가 될 것 같습니다. 제가 직접 기획해서 빠른 시간 내에 연락드리겠습니다."

홍 본부장이 명확하게 대답했다.

"DBS에서 가요 프로그램 하나 만드시게요, 본부장님?"

신영훈이 귀가 번쩍 뜨이는 듯 잽싸게 홍 본부장에게 물었다.

"여름철 개편에 맞춰서 하나 해보려고 합니다. 영훈 씨도 협조 좀 많이 해주세요."

홍 본부장이 커피 잔을 매만지며 부탁했다.

"하이구! 저야 불러만 주시면 언제든지 오케이죠. 요즘 여기저기서 치고 올라와 죽겠거든요. 아이돌에 〈우스타〉에……."

신영훈이 엄살을 떨며 대답했다.

"그래! 지금처럼 〈우스타〉인기가 올라갈 때 대형 가요 프로가 하나쯤 더 생기면 모두가 좋을 거야. 가수들도 팬들도 방송사도!"

"맞습니다, 선배님! 지금이 우리나라 가요계를 살릴 절호의 찬스입니다."

서울예대 실용음악과 교수 김학석이 대화에 끼어들면서 졸지에 DBS 공개홀 한쪽 구석은 대한민국의 가요 발전과 미래에 대한 토론장으로 변했다.

그때, 가수 대기실에서 공개홀로 통하는 복도를 걸어오던 백 차장과 전 PD는 뭔가 이상한 듯 자꾸만 가수 대기실 쪽을 돌아봤다.

"전 PD!"

"차장님!"

두 사람이 거의 동시에 상대방을 불렀다.

"먼저 말씀하시죠."

전 PD가 쑥스러운 듯 머리를 긁었다.

"넌 뭔가 이상하지 않았냐?"

백 차장이 고개를 갸우뚱했다.

"가수 대기실 분위기 말이죠? 어후! 저도 지금 그 말씀을 드리려고 했는데, 많이 이상했습니다. 한 시간 전만 해도 살벌했다고요. 냉기가 쫙쫙 흐르고 김채나 씨는 완전 왕따였어요."

"근데 지금은 정반대로 김채나를 중심으로 모여서 농담을 해? 이게 어찌 된 상황이지?"

백 차장은 영 이해가 안 가는 듯 계속해서 고개를 흔들었다.

"큭큭! 글쎄 말입니다. 연예인들 속하고 노인네 속은 알다가도 모른다더니 딱 그 짝입니다."

"김채나가 모조리 불러다 뒈지게 팼나? 왜 갑자기 순해들

지셨을까?"

"우히히히! 김채나 씨 인상이 워낙 흉악하고 체격이 남산만 하니까 그럴 수도 있겠군요."

"그 국민 싸가지 공갈배하고 주 기자 놈 싹싹해진 거 봐? 틀림없이 채나가 말 잘 듣는 약을 복용시켰어. 농약이나 쥐약 같은!"

"카호! 역시 차장님다운 결론이시다."

"으흐흐흐!"

백 차장과 전 PD가 웃으면서 공개홀로 들어갔다.

여전히 백 차장의 마음 한구석에는 의문이 남아 있었다. 백 차장이 아는 연예인들, 특히 가수들은 개인적인 성향이 아주 강했다.

배우나 탤런트들은 그래도 어떤 드라마나 영화에 같이 출연하게 되면 자연스럽게 동료 의식이 생기지만 가수들은 전혀 달랐다.

우연히 어떤 행사나 가요 프로에서 만나지 않으면 십 년이 지나도 만나기 어려웠다.

덕분에 가수들은 단합이나 동료 의식하고는 거리가 멀었다.

특히 〈우스타〉 같은 프로는 분위기가 정말 살벌했다. 누군가 죽어야 내가 사는 서바이벌 프로였으니까!

한데 일순간에 가수 대기실 분위기가 친구들 모임처럼 화기애애하게 변하다니?

"본부장님! 시작하시지요."

백 차장이 홍 본부장에게 다가가 정중히 말을 건넸다.

그리고 백 차장의 의문은 곧 풀렸다.

"음! 스탠바이해."

"예! 본부장님."

백 차장이 전 PD에게 사인을 보냈다.

"일 분 후에 오디션 시작하겠습니다. 모두 준비해 주십시오!"

전 PD가 힘차게 외쳤다.

홍 본부장과 최영필이 심사위원석에 앉자 신영훈과 설경도 등이 조심스럽게 자리를 잡았다.

"심사평은 먼저 최 선생님께서 말씀하신 뒤에 설경도 선배님께서 하시고, 김 교수님 순서로 해주시기 바랍니다. 우스타 4라운드 경연에 출연할 가수 한 명은 관례대로 만장일치로 뽑아주시고……."

백 차장이 간단하게 브리핑을 했다.

"한 말씀하시지요, 본부장님!"

백 차장이 인사를 권하자 홍 본부장이 심사위원들을 돌아봤다.

"솔직히 저는 음악은 잘 모릅니다. 심사위원들께서 소신껏 결정해 주십시오. 모든 책임은 제가 지겠습니다."

"그 책임의 반은 내가 지지!"

짝짝짝!

홍 본부장과 최영필이 씩씩하게 선언하자 심사위원들이 힘차게 박수를 쳤다.

이어 홍 본부장이 고개를 끄덕이고 백 차장이 한 손을 번쩍 들었다.

팟!

황금빛 조명이 무대 위를 비췄다.

또각또각!

채나가 미소를 띤 채 환한 불빛을 받으며 무대 앞으로 걸어 나왔다.

"안녕하세요. 김채나예요!"

채나가 심사위원들에게 싹싹하게 인사를 했다.

"반갑습니다, 채나 양! 열심히 해주시기 바랍니다."

홍 본부장이 고개를 주억거리며 인사를 받았다.

"헤헤헤!"

채나가 귀엽게 웃었다.

'고스톱 더럽게 못 치는 아저씨가 심사위원으로 나왔네?'

채나가 천천히 마이크를 잡았다.

"먼저 제 노래를 부를게요. 곡목은 〈히어로〉……."

홍 본부장이 채나를 보며 최영필에게 나직하게 운을 뗐다.

"캔 프로의 강 관장이 보낸 친구입니다. 예음의 표 사장이 미국에서 헌팅했다고 하더군요."

"호오? 열심히 들어봐야겠네. 표 사장 그 친구, 사람 보는 데는 귀신이야."

빰·빰·빰!

무대 뒤에서 락 발라드 풍의 전주가 MR반주로 흘러나오기 시작했다.

채나가 눈을 감으며 감정을 잡았다.

'왜 시간 낭비를 하지?

그때, 소 PD가 공개홀 저편에 서서 멍한 눈빛으로 무대 위의 채나를 쳐다봤다.

'이미 가수 대기실에서 게임 끝났어요. 오빠들! 봐봐? 지금 저 사람들은 오디션에 나온 게 아니라 구경하러온 관객이잖아!'

정말 신기한 일이었다.

R&B의 공주라는 석영지부터 이남영 등 오늘 오디션에 나온 가수들이 자신의 무대를 준비하는 것이 아니라 공개홀 여기저기 모여서 채나의 무대를 지켜보고 있었다.

프로 기사들은 대국이 끝나기도 전에 승패를 정확히 판단한다.

　마찬가지로 어떤 분야에서든 프로들은 내 실력도 잘 알지만 상대방 실력도 정확하게 읽는다.

　가수 경력이 십 년이 됐든 백 년이 됐든 노래가 직업이라면 프로 뮤지션이 분명했다.

　그들은 이미 대기실에서 채나가 부르는 노래를 듣고 자신들과 차원이 다른 뮤지션이라는 것을 인정하고 돌을 던졌다.

　채나는 일찌감치 불계승을 거뒀던 것이다.

　—아주 많이 사랑했죠. 밤새 애길 나누고…….

　채나가 노래를 시작한 지 오 초에서 십 초쯤 지났을까?

　…….

　갑자기 대공개홀 전체가 냉수를 뿌린 듯 조용해지면서 모든 사람의 눈이 일제히 채나를 향했다.

　칵! 한순간 차갑도록 예쁜 소리가 최영필의 귓속에 꽂혔다.

　그 소리는 귓속을 시원하게 청소한 후 머릿속으로 들어와 뇌리를 환하게 밝혀주고 가슴을 뻥 뚫어줬다.

　종내는 온몸에 전율을 불러일으켰다.

　—새벽에 그 거리를 걸으면서… 깔깔대며 웃었죠!

　채나가 천천히 감정을 끌어 올렸다.

　"자, 잠깐 멈춰! 멈춰 봐! 멈춰!"

최영필이 한 손을 번쩍 들며 노래를 중단시켰다.

'우씨! 떨어진 거야? 일 절도 다 부르지 못 하고!'

채나의 얼굴이 일그러졌다.

"홍 본부장! 조명 모두 켜고 카메라 제대로 돌리면서 정식으로 가보자고!"

"그, 그렇게 하시죠, 형님!"

최영필의 격앙된 어조에 홍 본부장의 입에서 공석에서는 좀처럼 쓰지 않던 형님이란 말이 튀어나왔다.

"채나 씨! 아직 무대에서 내려오지 마세요. 카메라 스탠바이 되는 대로 다시 가겠소."

홍 본부장이 마이크에 대고 말했다.

'후우우! 깜짝이야. 저 아저씨 뭐야? 떨어진 줄 알았잖아? 씨이!'

채나가 최영필을 째려보며 안도의 한숨을 내쉬었다.

'크으으! 어디서 저런 녀석이 튀어나왔지?'

최영필은 채나를 흩어보며 좌절의 한숨을 내쉬었다.

'저 내지르는 듯한 창법으로 미뤄 여자 라커 같은데 아주 특이한 보이스 컬러야. 예쁘면서도 차갑고 화려하면서도 날카로운! 남자와 여자의 두 가지 목소리가 섞여 나와.'

최영필이 충격을 받은 듯 채나에게서 눈을 떼지 못했다.

'저런 소리는 인간의 목에서는 절대 나올 수 없어. 기계로

깎아도 쉽게 나오지 않는 소리라고. 노래하는 외계인이 출연했어!'

최영필이 고개를 설레설레 저었다.

"백 차장!'

홍 본부장이 황급히 백 차장을 찾았다.

"조명 때문에 주조정실에 올라갔습니다. 본부장님!'

전 PD가 대신 대답했다.

"그럼 전 PD가 카메라 위치 좀 잡아줘."

"예! 알겠습니다."

홍 본부장이 백 차장 대신 현장을 감독했다.

"이거야 원? 표 사장이 미국에서 폭탄을 수입했군. 핵폭탄을 들여왔어!'

최영필이 쓴웃음을 지으며 홍 본부장을 쳐다봤다.

"그 정도입니까? 형님!'

"핫핫핫핫─! 오늘 기분 참 좋구만! 홍 본부장에게 술 한잔 사야겠어.

덕분에 세계 가요계를 정복할 괴물을 만나게 됐으니 말이야."

"세, 세계 가요계를 정복할 괴물이요?!'

홍 본부장의 눈알이 금방이라도 빠질 듯 튀어나왔다.

"내 딴따라 밥 사십 년 동안 처음 보는 괴물이야!'

"허이구! 이거 오래 살고 볼일군요. 형님께서 그런 칭찬을 다 하시다니?"

평소 최영필은 모든 일에 칭찬이 인색한 사람이었다.

특히 음악이나 노래 쪽에는 그 정도가 더욱 심했다.

국내 가요계에 수만 명의 프로 뮤지션이 활동하고 있었지만 그의 입에서 칭찬을 들은 사람은 단 한 사람도 없었다.

그 자신조차도 노래를 잘하는 사람이 아니라고 스스럼없이 말할 정도였다.

그런 최영필이 입에 거품을 물었다.

무대를 중단시키고 조명과 카메라를 동원하라는 명령 아닌 명령과 함께!

"후! 그런 슈퍼스타가 탄생되는 첫 무대가 카메라 한 대 없이 어둠침침한 조명 아래 시작된다는 것은 아주 불행한 일이지."

"그, 그래서 노래를 중단시키셨군요?"

"흐흐흣! 여러 말 필요 없어. 삼 년에서 오 년만 지켜봐! 아마 삼 년쯤 뒤엔 쟤 만나는 게 미국 대통령 만나는 것보다 더 힘들 거야."

최영필이 웃으면서 입이 튀어나온 채 스노우를 안고 무대 위에 주저앉아 있는 채나를 보면서 단언을 했다.

"형님 말씀을 조금은 이해할 것 같습니다. 음악에 문외한인 저도 채나 양이 노래를 시작하고 몇 초 지나지 않아서 소름이 쫙 끼치더군요."

홍 본부장이 고개를 끄덕였다.

"역시 홍 본부장은 감각이 있어. 너는 어떠냐? 영훈아!"

최영필이 신영훈을 바라보며 물었다.

신영훈이 머리통을 부여잡고 고개를 뒤로 젖혔다.

"아무래도 자리가 바뀐 것 같습니다. 제가 저 무대에 서 있고 저 친구가 이 자리에 있어야 될 것 같은 느낌이에요."

"핫핫! 이하동문이다. 쟤 노래 끝나면 바꿔주자. 간만에 우리도 보컬 트레이닝을 좀 받아보자고!"

"후후후! 그럴까요?"

"저렇게 차가우면서도 예쁘고 날카로우면서도 화려한 소리가 인간의 목에서 나올 수 있나요? 최 선생님!"

최영필과 신영훈이 채나를 극찬할 때 김학석 교수가 끼어들었다.

"아핫핫! 외계인인가 보죠."

"화성쯤에서나 볼 수 있을까요? 진짜 지구에서는 찾아보기 힘든 보이스 컬러입니다."

트로트의 황제라는 설경도가 최영필의 말을 받았다.

"험험! 이 정도면 오늘 오디션은 끝났군요. 교수님?"

홍 본부장이 잔기침을 하며 김학석 교수를 쳐다봤다.

"아까 영훈 씨가 말했잖습니까? 여기 심사위원석에 저 친구가 앉아 있어야 한다고요."

김학석 교수가 미소를 지었다.

"허어어 참!"

홍 본부장이 기가 막힌 표정으로 무대 위의 채나를 바라봤다.

'과연 맨주먹으로 우리나라 굴지에 연예기획사를 일으킨 놈다운 안목이다. 허허허! 지구에서는 찾을 수 없는 보이스 컬러라니? 내가 기종이를 도와주는 게 아니라 기종이가 내게 남긴 유산이었어!'

―자! 채나 씨, 준비해 주세요! 일 분 뒤에 녹화 들어갑니다.

그때 백 차장 음성이 대공개홀을 울렸다.

"네에!"

채나가 기다렸다는 듯 마이크를 번쩍 들었다.

팟! 메인 카메라 돌아가고 일 번 카메라에 파란 불이 들어왔다.

―하이 큐!

백 차장의 큐 사인 떨어지자 MR반주가 흘러나왔다.

그리고 채나가 다시 노래를 시작했다.

―아주 많이 사랑해요. 밤새 애길 나누고…… 새벽에 그

거리를 걸으면서.

채나가 다시 노래를 시작한 지 십 초쯤 지났을까?

십 분 전과 똑같은 상황이 되풀이됐다.

공개홀에 있는 모든 사람이 입을 헤 벌린 채 일제히 채나를 쳐다봤다.

―깔깔대며 웃었죠! 그대는 잦은 나의 투정도 그 넓은 품으로 안아줬죠. 그대는 내 하나뿐인 히어로― 우우우우우―

채나가 비트가 빠른 리듬을 자연스럽게 타면서 면도칼처럼 예리한 고성을 토하며 폭탄이 터지는 듯한 애드립을 폭발시켰다.

하이노트의 정점이었다.

꽈다당! 털썩…….

소 PD가 입에 거품을 물고 쓰러지고 주 기자가 힘없이 주저앉았다.

"소 PD!"

"주 기자!"

전 PD를 비롯한 사람들이 황급히 달려갔다.

"빨리 119 불러! 병원에 연락해!"

홍 본부장이 소리치며 심사위원석을 뛰어 내려왔다.

패닉, 즉 공황장애(恐慌障碍)였다.

어떤 일에 큰 충격을 받아 숨쉬기가 힘들고 손발이 저리고 가슴이 벌렁벌렁하면서 멍해지는 상태를 패닉 상태! 이를 우리식 표현으로 공황장애라고 한다.

패닉 상태가 심하면 발작을 하거나 정신을 잃게 되는데 실제로 세계적인 슈퍼스타였던 엘비스나 비틀즈 마이클 잭슨 등의 공연에서 가끔 팬들이 패닉 상태가 되어 실려 나가곤 했다.

탁!

채나가 우거지 인상을 쓰며 마이크를 집어 던졌다.

'우씨! 짜증나서 못해 먹겠네. 저건 또 뭐야? 뭐 좀 할 만하면 난리야. 난리!'

홍 본부장이 얼른 채나에게 다가갔다.

"수고 많이 하셨습니다. 채나 양! 그만 무대에서 내려오세요."

채나가 신경질적으로 스노우를 안았다.

"저기 아저씨, 아니, 본부장님! 내 노래 일 절도 끝나지 않았거든요? 도대체 무슨 오디션이 이래? 나 갈래!"

채나의 입에서 반말이 튀어나왔다.

채나의 기분이 최악이었다.

"미, 미안합니다! 채나 양! 잠시 잠시만 기다려 주세요."

채나가 짜증을 내며 걸어나가자 홍 본부장이 급히 쫓아갔다.

"홍 아줌마! 오늘 오디션 아주 대박 났어요!"

최영필이 양팔을 벌리며 코믹하게 외쳤다.

"하하핫핫!"

신영훈을 비롯한 심사위원들이 박장대소를 터뜨렸다.

잠시 후, 신영훈이 구급대원의 부축을 받으며 공개홀 밖으로 나가는 소 PD와 주 기자를 쳐다보며 쓴웃음을 지었다.

"오디션 두 번만 했다가는 줄 초상나겠군요? 선배님!"

"하핫핫! 글쎄 말이야. 노래가 사람 잡는 흉기라는 거 새삼 깨달았다. 아무래도 쟤는 여기 방송사보다 국방부로 보내는 게 낫겠어!"

"그렇군요! 적이 넘어오면 얼른 노래를 부르게 하구."

"그럼 적들이 입에 거품을 물고 픽픽 쓰러지겠지!"

"와하하하하⋯⋯."

최영필을 비롯한 심사위원들이 뒤집어졌다.

"에효! 정말 오랜만에 희귀한 여성 라커가 탄생했군요. 어떻게 저런 가냘픈 체구에서 저런 폭발적인 소리가 터져 나오죠? 고음으로 치고 올라갈 때는 마치 악마가 소리를 지르는 듯하고 저음으로 깔릴 때는 차가운 천사의 목소리가 들리는 듯하니!"

"실로 불가사의한 가창력입니다. 특히 초고음으로 올라가면 어떤 남자 테너 성악가가 피처링을 하는 듯한 보이스가 터져 나옵니다. 아주 특별한 보이스 톤이에요. 미국의 머라이어 캐리가 7옥타브가 어쩌니 박쥐만이 들을 수 있는 소리가 어쩌니 하더니 채나 씨가 그걸 보여주는 것 같습니다."

"전 도저히 이해가 안 돼요! 하이노트의 정점에서 다시 그 것보다 더 높은 음으로 그리고 더 높은 음으로 세 번에 걸쳐서 끌어올렸어요. 그것도 아주 자연스럽게! 이게 숨을 쉬는 인간으로서 가능합니까?"

김학석 교수와 노영세 작곡가가 극찬을 쏟아냈다.

최영필이 결론을 내렸다.

"가능합니다. 쟨 외계인이니까요!"

"하하하핫!"

신영훈을 비롯한 심사위원들이 다시 한 번 대소를 터뜨렸다.

"게다가 저 녀석은 우리에게 없는 절대적인 매력이 있다. 영훈아!"

"절대적인 매력요?"

"중성적인 매력!"

"중성적인 매력이라면 어떤 거죠? 선배님!"

"김채나!"

최영필이 미소를 띤 채 공개홀 한쪽 구석에서 씩씩대는 채나를 불렀다.

'저 영감이 왜 날 불러?

채나가 힐끔 최영필을 쳐다봤다.

"왜요?"

채나가 떫은 표정으로 최영필에게 다가왔다.

"봤지?"

"……!"

최영필이 미소를 띠며 신영훈을 쳐다봤다.

"훗! 진짜네요. 걸음걸이가 완전히 남자예요. 말투도 그렇고."

신영훈이 덜렁거리며 다가오는 채나를 보며 웃었다.

"지금 나 놀렸지? 예쁜 남자애처럼 생겼다구……."

채나의 눈꼬리가 치켜 올라갔다.

폭발 일보직전이었다.

지금은 팔십 넘은 노인이 와도 반말을 했을 것이다.

"아하하! 그동안 여기저기서 꽤나 놀림을 당했나 보구나?"

최영필이 채나를 보며 빙글빙글 웃었다.

"할 말 없음 나 갈 거야!"

채나가 최영필을 흘겨보며 돌아섰다.

"잠깐!"

"뭐야?"

채나가 다시 돌아섰다.

"김채나의 마지막 숨겨진 매력! 김채나! 너 지금 왜 열 받은 거냐?"

"알면서 왜 물어?"

"난 몰라서 묻는 거야."

최영필이 어깨를 으쓱했다.

채나가 최영필 앞에 놓여 있는 테이블에 등을 비스듬히 기댔다.

"으씨! 노래 좀 하려면 끊고, 끊고……. 짜증나잖아? 난 기본 열 곡은 해야 몸이 풀리는데 일절도 부르기 전에 두 번씩이나 중단이 되니! 대체 뭐야?"

"채나야! 넌 왜 네 무대가 두 번이나 중단됐다고 생각하냐?"

최영필이 고개를 모로 꼬며 심각하게 물었다.

"뻔하지 뭐! 어떤 기기가 자꾸 고장 나서 그런 거 아냐?"

"우욱!"

최영필과 신영훈 등 심사위원들이 입을 막으며 웃음을 삼켰다.

"이렇게 맹한 거! 이 또한 치명적인 매력이지."

"맞습니다. 대중은 좀 부족한 듯한 스타에게 더 열광을 하죠!"

최영필과 신영훈이 연극을 하듯 채나를 쳐다보며 대화를 나눴다.

최영필은 수십 년 동안 가요계를 주름잡은 아티스트답게 채나의 정체를 금방 파악했다.

관객을 패닉 상태로 몰아갈 만큼 엄청난 실력을 갖춘 뮤지션이면서도 자신의 실력을 전혀 모르는 순수한 아티스트!

그런 채나가 너무 귀여워서 놀리고 있었던 것이다.

"그럼, 내가 노래를 못해서 중단됐단 말이야?"

채나가 또 낚였다.

"당연하지 임마! 넌 죄인이야. 벌써 두 사람이나 병원으로 보냈잖아?"

최영필이 이때다 하고 채나의 약점을 파고들었다.

"그, 그건 그 사람들이 기기를 잘못 만져서 그런 거지 내가 왜?"

"그게 아니라니까 임마! 네 노래를 듣다가 짜증이 나서 정신을 잃은 거야! 네가 얼마나 노래를 못했으면 사람들이 정신을 잃었겠냐?"

"우후후후후!"

신영훈을 비롯한 심사위원들의 얼굴이 웃음을 참느라 터질 듯 시뻘겋게 변했다.

"치이! 그래도 내 친구들은 꽤 한다고 하는데……."

"네 친구들이 너보고 노래를 잘한다고 해? 어이구! 보나마나 네 친구들은 모조리 음치거나 박치겠구나!"

"……."

채나가 더 이상 할 말이 없는지 볼을 부풀리며 입을 꾹 닫았다.

"우후후후후……."

그 모습을 지켜보던 신영훈 등 심사위원들이 결국 배꼽을 쥐었다.

"그러니까 투덜대지 말고 여기 수습되는 대로 준비한 노래나 부르고 가! 알았어?"

"웅!"

최영필이 점잖게 충고하자 채나의 입이 일 미터쯤 튀어나왔다.

사실이었다.

정작 이 많은 사람 중에서 채나의 노래 실력을 모르는 사람은 채나 자신뿐이었다.

채나는 노래를 배우고 부르면서 즐길 줄은 알았지만 자신의 실력을 한 번도 평가받아 본 적이 없었다.

노래 실력을 정확히 평가를 받으려면 지금처럼 전문가들이 심사하는 오디션에 나가야 하는데 채나는 그럴 시간이 없었다.

채나는 아주 어릴 때부터 지금까지 살인적인 스케줄을 소화해 왔다.

학교 공부가 끝나면 사격부 활동을 했고 집에 오면 짱 할아버지한테 노래나 무술 등을 배웠고 방학이 되면 여행을 빙자한 살인연수를 떠났다.

고등학교 때부터는 짱 할아버지를 따라 특수 부대에서 가서 사격술과 특전무술 조교로 알바를 했다.

짱 할아버지가 채나를 그렇게 조련했다.

채나는 인간이 상상할 수 없는 세월 이전부터 내려온 중국 고대 무술의 일맥인 선문(仙門)의 제98대 대종사였다.

"다음 곡은 뭐냐?"

"팝송이야, 마이클 잭슨의 빌리 진!"

"마, 마이클 잭슨의 빌리 진?! 너 춤도 추냐? 잘 춰?"

채나의 짧은 대답에 최영필이 얼마나 당황했는지 말을 더듬었다.

"약간 춰!"

털썩! 채나가 떫은 표정으로 대답하며 바닥에 주저앉았다.

'이 자식이 춤도 춰? 이건 아닌데? 이건 아니야! 이 자식이 정말 춤까지 잘 추면 누구도 수습할 수 없는 초대형 사고가 터져!'

최영필이 몸을 푸는 채나를 지켜보며 고개를 흔들었다.

'저 미소년 같은 중성적인 외모에 불가사의한 보이스 톤, 사람 패 죽이는 가창력! 거기에 마이클 잭슨의 노래를 부르며 춤을 춰? 아주 인간을 단체로 때려잡겠다는 뜻이야!'

신영훈도 최영필과 똑같은 생각을 하며 스트레칭을 하는 채나를 쳐다봤다.

"경력은?"

"몰라! 어릴 때부터 췄어."

'어렸을 때부터 췄다면 춤 실력 또한 만만치 않을 텐데, 미치겠군!'

최영필이 마치 외계인을 보듯 채나를 연신 힐끔거리며 저편에서 걸어오는 홍 본부장을 불렀다.

"홍 본부장! 대강 수습됐으면 빨리 시작하지?"

"예! 그러시지요. 최 선배님."

홍 본부장이 정신이 돌아온 듯 다시 최 선배님이란 호칭을 썼다.

―채나 씨! 정말 미안합니다. 다시 한 번 갈게요.

다시 주조정실에서 백 차장의 음성이 들렸다.

"OK! OK! 괜찮아요! 준비됐어요."

채나가 경쾌하게 손을 흔들며 무대 위로 올라갔다.

'저 자식……. 진짜 노래 부르는 걸 좋아하는구나! 금방까지 우거지상이더니 노래하라고 하니까 목소리가 확 달라져?

그러니까 저처럼 무대에 대한 긴장감이 없지.'

최영필이 무대에 올라가는 채나를 보며 고개를 주억거렸다.

'아무리 공부를 잘하는 사람도 공부를 열심히 하는 사람은 이길 수 없다. 아무리 공부를 열심히 하는 사람도 공부를 좋아하는 사람은 이길 수 없다. 노래도 마찬가지다. 저놈은 노래를 잘하고 열심히 하고 거기에 좋아하기까지 한다. 정말 희대의 귀재가 출연했어!'

최영필이 무대 위에 서 있는 채나를 보며 손을 흔들었다.

"이봐 김채나! 기분도 전환할 겸 먼저 빌리 진으로 가는 게 어때?"

"Good—! 좋아요! 먼저 마이클 잭슨의 빌리 진을 부를게요."

채나가 씩씩하게 대답했다.

채나의 기분이 빠르게 회복되고 있었다.

채나는 어릴 때부터 노래 부르는 것을 밥 먹는 것보다 더 좋아했다.

마이클 잭슨의 빌리 진 MR반주가 무대에서 흘러나왔다.

"꿀꺽!"

심사위원들이 마른침을 삼켰다.

그리고 상황은 끝났다.

오디션도 끝났고!

—She was more like a beauty queen from a movie scene······. Billie Jiean is Not my lover······.

마이클 잭슨보다 노래를 잘 불렀고 춤을 더 세련되게 췄다.

마이클 잭슨 특유의 중성적인 음성과 딸꾹질하는 듯한 특유의 창법!

채나 특유의 가성과 진성이 빌리 진의 그루브와 섞이면서 마이클 잭슨의 매력을 뛰어넘는 괴물이 탄생했다.

마이클 잭슨이 달에서 우주 조종사가 걸어가는 것을 보고 창안했다는 문워크!

채나는 그 문워크가 끝날 때 기계체조에서 나오는 동작인 스완(허리와 팔을 쭉 편 채 공중으로 한 바퀴 도는 동작)으로 마무리를 했다.

로버트가 움직이는 듯한 관절 마디마디가 꺾이는 댄스.

마지막 모자를 던지는 퍼포먼스까지!

채나는 마이클 잭슨의 〈빌리 진〉이 아니라 김채나의 〈빌리 진〉을 불렀다.

채나가 빌리 진을 끝내고 무대에서 예쁘게 인사를 했다.

마치 리듬 체조선수처럼······.

지금 채나의 기분은 최상이었다.

······.

아무도 박수를 치지 않았고 아무도 환호하지 않았다.

그저 하나같이 입을 쩍 벌린 채 멍청한 표정으로 채나를 쳐다봤다.

채나가 분위기가 이상하자 잽싸게 주위를 살폈다.

이거 분위기가 왜 이렇지?

빌리 진은 그래도 괜찮았는데…….

툭!

누군가의 입에서 침 한 방울이 떨어졌다.

짝짝짝!

최영필이 제일 먼저 자리를 박차고 일어서서 박수를 쳤다.

"핫핫핫! 브라보! 브라보! 죽여준다! 죽여줘! 넌 지금부터 어떤 짓을 해도 다 용서된다. 김채나!"

"와아아! 굉장하다, 채나 씨! 마이클 잭슨보다 노래를 더 잘하고 마이클 잭슨보다 춤을 더 잘 췄어!"

"채나 양이 부른 빌리 진을 들으니 마이클 잭슨이 평범한 가수라는 생각이 드는구만!"

신영훈 등 심사위원들도 경쟁하듯 일어서서 환호를 하며 박수를 쳤다.

짝짝짝! 휘휘휘…….

뒤이어 최영필을 비롯한 심사위원들과 오디션에 참가했던 가수들, 매니저들, 우스타 스태프들까지 일제히 일어서서 박수를 쳤다.

정말 미친 사람들처럼 박수를 쳐댔다.

채나가 두 곡의 노래를 끝내는 데 무려 세 시간이 걸렸다.

그 결과 최영필 등 심사위원들은 만장일치로 채나를 이번 주 금요일에 녹화할 우스타 4라운드 경연에 나갈 가수로 확정했다.

그리고 오늘 오디션에 참가했던 네 명의 가수는 채나의 노래가 끝난 뒤 아무도 무대에 올라가지 않았다. 창피해서!

"야! 김채나, 너 내가 충고하는데 어디 가서 함부로 노래 부르지 마. 네 목소리는 흉기야, 흉기!"

최영필이 인상을 쓰며 채나의 머리를 쿡쿡 찔렀다.

"너무하시는 거 아니에요, 선배님?! 가수에게 노래를 부르지 말라면 굶어 죽으라는 말씀인데요?"

신영훈이 웃으면서 끼어들었다.

"얘는 그래야 돼! 죄 없는 대중 수천 명을 죽이느니 저 혼자 굶어 죽는 게 훨씬 낫지. 넌 앞으로 될 수 있으면 음반으로 만 노래해. 라이브할 테면 구급차 대기시켜 놓고 하고!"

"우헤헤헤! 명심할게."

최영필이 특유의 화법으로 칭찬하자 채나가 이제 최영필의 화법을 이해했는지 바로 맹한 웃음을 날렸다.

"그리고 그 모자에 사인 좀 해!"

최영필이 채나가 빌리 진을 부를 때 던졌던 모자를 다시 채나에게 던졌다.

"이거랑 바꾸자!"

동시에 최영필이 자신의 바바리코트에 사인을 했다.

"씨이! 나 여자거든. 남자 바바리 안 입어!"

"임마! 기념품이야 기념품! 축구선수끼리 유니폼 바꿔 입는 거 못 봤어? 근데 내가 너무 손해 보는 거 아냐? 이거 영국에서 사온 오리지널 바바린데 네 모자는 왠지 싸구려 같다. 만 원에 다섯 개 하는 거?"

"무슨 말이야? 울 오빠가 뉴욕 백화점에서 사준 거야. 무지하게 비싼 모자야!"

채나가 길길이 뛰었다.

"으ㅎㅎㅎ!"

홍 본부장과 신영훈 등 주위에 모여 있던 심사위원들이 다시 뒤집어졌다.

"그래그래! 뭐 비싼 모자라고 치자. 대신 오월에 내 콘서트 때 꼭 게스트로 와야 돼 무조건! 와서 우리 팬들 절반쯤 죽여주고 가. 알았지?"

"헤헤! 불러주면 당연히 가야지. 왕초보가 힘있나, 뭐?"

살아 있는 가요계의 전설 가왕 최영필이 바바리코트를 팔아 채나를 게스트로 초청하는 데 성공했다.

"채나 씨! 나도 초청장 보낼 거야. 거절하면 안 돼?"

신영훈이 또 끼어들었다.

"응! 어디든지 달려갈게."

"채나 양! 트로트도 되나?"

이번에는 트로트의 황제라는 설경도가 웃으면서 끼어들었다.

"헤헤헤! 실은 내 전공이 트로트야. 울 엄마가 진짜 좋아하거든! 한 곡 불러볼까?"

"와우우우! 빙고! 앙코르 송이다!"

최영필이 채나의 모자를 흔들며 소리쳤다.

채나가 이번에는 정통 트로트 곡인 주현미의 짝사랑을 불렀다.

—마주치는 눈빛이 무엇을 말하는지……. 난 정말 몰라! 난 정말 몰라 아~ 사랑 했나봐~

다시 공개홀 모여 있던 사람들의 눈이 풀렸다.

특히 홍 본부장이나 최영필 같은 중년 사내들은 기이하게도 몸이 통제가 되지 않았다.

채나의 노래를 들으면서 자꾸 찔끔찔끔 오줌을 지렸다. 마치 치매에 걸린 노인처럼……

아주 강력한 패닉 현상이었다.

'저 자식 악마(樂魔)야! 어린애들부터 노인네들까지 모조

리 죽여 버려!'

　최영필이 허탈한 표정으로 채나를 바라봤다.

　이렇게 채나의 한국에서 가수 데뷔 무대는 우여곡절 끝이
났다.

　그리고 이날은 한국 가요사를 다시 쓰는 날이었다.

『그레이트 원』 2권에 계속…

이제부터 전자책은

이젠북

www.ezenbook.co.kr

❧ 새로운 세계가 열린다! ❧

한백림 『천잠비룡포』   천중화 『그레이트 원』
좌백 『천마군림』   송진용 『몽검마도』
현대백수 『간웅』   김석진 『더블』
김정률 『아나크레온』   백연 『생사결-영정호우』
임준후 『켈베로스』   예가음 『신병이기』
진산 『화분, 용의 나라』   남운 『개방학사』

이름만 들어도 황홀할 정도의 별들의 향연!

이들의 "유료연재"가 시작됩니다!

검색창에 **이젠북** 을 쳐보세요! ▼ 🔍

魔 in 화산

FANTASTIC ORIENTAL HEROES

용훈 新무협 판타지 소설

무림공적, 천살마군 염세악!
검신 한호에게 잡혀 화산에 갇힌 지 백 년.

와신상담… 절치부심… 복수무한…

세월은 이 모든 것을 잊게 하고
세상마저 그를 잊게 만들었다.
하지만.

"허면 어르신 함자가 어찌 되시는지……"
우연한 만남, 자신도 모르게 튀어나온 원수의 이름.
"그게… 한, 한호일세."

허무함의 끝에서 예기치 않게 꼬인 행로.
화산파 안[in]의 절세마인, 염세악의 선택!

FANTASTIC ORIENTAL HEROES
백미가 新무협 판타지 소설

천선지가

천선지가

불의의 사고로 죽은 청년 이강
그를 기다린 것은 무림이었다!

어느 날
그에게 찾아온 운명,
천선지사.

각인 능력과 이 시대엔 알지 못한 지식으로
전생에서 이루지 못한 의원의 꿈을 이루다!

『천선지가』

하늘에 닿은 그의 행보가 시작된다!

Book Publishing CHUNGEORAM

윤현이 하는 자유추구
www.chungeoram.com

FUSION FANTASTIC STORY
월문선 장편 소설

화려한 귀환

머나먼 이계의 끝에서
다시 돌아온 남자의 귀환기!

『화려한 귀환』

장점이라고는 없던 열등생으로 태어나,
학교에서 당하는 괴롭힘을 버티지 못하고
자살이라는 극단적인 선택을 하게 된 남자, 현성.

"돌아왔다……. 원래의 세계로!"

이계에서 죽음을 맞이하게 된 현성은
자신을 죽음으로 내몰았던 현실 세계로 돌아오게 된다!

고된 아픔들, 그리웠던 기억들.
모든 것을 되살리며 이제 다시 태어나리라!

좌절을 딛고 일어나 다시 돌아온
한 남자의 화려한 이야기!
이보다 더 '화려한 귀환'은 없다!

Book Publishing CHUNGEORAM

FUSION FANTASTIC STORY
건(建) 장편 소설

컨트롤러
Controller

세상에게 당한 슬픔,
약자를 위해 정의가 되리라!

『컨트롤러』

부모님의 억울한 죽음.
더러운 세상에 희롱당해
무참히 희생당한 고통에 분노한다!

"독하게… 살아가리라!"

우연한 기회를 통해 받은 다른 차원의 힘.
억울함에 사무친 현성의 새로운 무기가 된다.

냉정한 이 세상을 한탄하며,
힘조차 없는 약자를 대변하고자
내가 새로운 정의로 나서겠다!

Book Publishing CHUNGEORAM

유행이 아닌 자유추구 -
WWW.chungeoram.com